LOŸS DE RÉMORA

LES

DOCTRINES ET LES PRATIQUES

DU

SPIRITISME

PARIS

A.-L. GUYOT, ÉDITEUR

20, Rue du Croissant

PRÉFACE

—

La fréquentation des hommes et des femmes de mon siècle m'a fait perdre deux viscères importants : le cœur et l'estomac (l'estomac, c'est le plus triste).

Voici comment s'est produit cet incident :

Comme il est de toute nécessité d'alimenter une chaudière pour lui faire rendre un travail utile et que, sous peine de mort, nous devons alimenter notre chaudière humaine (qui est l'estomac), au lieu du pur charbon qu'on a soin de mettre dans les machines, j'ai reçu de mes contemporains du charbon frelaté ; tout ce dont je me suis nourri était *truqué,* rien n'était naturel, depuis les synthèses chimiques que je buvais sous le nom de vin, jusqu'aux margarines les plus falsifiées que j'ingurgitais sous la désignation de beurre, fallacieux nom de baptême.

A ce triste régime, ma chaudière finit par me refuser le service et j'ai maintenant l'estomac très mauvais.

Au fond, cela peut vous être égal, mais avez-vous jamais pensé aux conséquences graves que peut netraîner la perte de l'estomac ? Qu'on y songe, il ne peut y avoir de vertueux, d'aimable, de distingué que les gens d'estomac sain.

Quant au cœur, c'est une autre affaire :

La perversion morale de l'instruction actuelle dépasse de beaucoup la falsification alimentaire.

Tous les sentiments d'amour dont l'âme déborde à la vingtième année, toutes les aspirations d'honneur et de gloire sont mis avec un soin jaloux dans le creuset de la chimie, dans la balance de la physique... ils y sombrent.

Et ce beau développement de l'esprit humain, la merveille de son épanouissement : la philosophie ! elle oscille aujourd'hui entre les deux pôles de la science : la force et la matière.

Comprimé dès l'enfance par une éducation étroite, le cœur se trouve, dans son rayonnement, heurté sans cesse à la seule pensée, au seul rêve, au seul sentiment de toutes les intellectualités qui l'entourent : l'argent.

Une mère attentive soignera tendrement le corps de son enfant ; un précepteur habile saura développer ses facultés intellectuelles et physiques, mais là s'arrête l'éducation moderne.

Dans toutes nos écoles, dans tous nos traités, on a supprimé l'Ame : quantité négligeable.

Or, sachez-le bien, éducateurs de l'enfance, il y a autre chose à faire pour ces possibilités d'hommes dont vous avez la garde, que d'être ces anthropomorphes bipèdes et mammifères, dont la moyenne artistique ne dépasse pas le café-concert, et dont l'esprit s'élève péniblement jusqu'aux œuvres mélancoliquement bêtes des romanciers actuels.

Et vous aurez beau dire, l'art s'émascule, l'esprit s'abêtit, car vous avez retiré de cet enfant, dont vous deviez faire un homme, le cœur et la conscience.

Vous avez créé l'ère de l'Egoïsme civilisé! n'aimant plus rien que soi; le cœur a cessé de fonctionner; il est devenu inutile en raison d'une loi immuable, qui condamne à l'inertie un membre sans fonction; il ne battait plus, il est mort.

Eh bien! puisqu'on a manqué — de parti pris ou inconsciemment, — notre éducation morale, voulez-vous que nous tentions de la refaire ensemble ?

C'est le but de ce petit livre.

Je l'ai choisi, simple et sans prétentions scientifiques, pour qu'il fût à la portée de tous; je l'ai voulu bon marché (un mot du siècle), pour qu'il vînt dans la main du plus humble; je l'ai fait sincère, pour qu'il portât des fruits.

Loÿs DE RÉMORA.

Menton, avril 1894.

———

LES DOCTRINES ET LES PRATIQUES DU SPIRITISME

CHAPITRE PREMIER

Où l'on apprend à connaître le Spiritisme.

Avant d'entrer en matière, nous croyons utile de résumer, aussi brièvement que possible, les théories spirites.

De cette manière, ceux qui les connaissent se les remémoreront et ceux qui les ignorent apprendront à les connaître.

Avant de calculer le cours des astres pour chercher à y lire sa destinée, l'homme a sûrement tenté de découvrir l'avenir en interrogeant les morts et les songes. C'est à ce titre que l'onéiromancie et la nécromancie semblent devoir être plus anciennes que l'Astronomie et que l'Astrologie. Les peuples sauvages de notre époque en sont l'exemple. Les uns interrogent leurs morts longtemps après le trépas, tandis que les autres ajoutent foi aux choses qui leur sont révélées pendant le sommeil.

Il faut, du reste, convenir que parmi les problèmes les plus troublants, les plus poignants même de la métaphysique, vient au premier rang celui de « l'Au-delà ».

Quand l'être a fini de se manifester à nous, qu'il est glacé — dans l'état spécial que nous appelons la mort — que devient-il?

Il est d'expérience que son corps — son vêtement terrien — pourrit dans la terre, rongé par les vers. Et après?... après, n'y a-t-il plus rien?

Et s'il y a quelque chose, si l'être ne se compose pas que de corps matériel, s'il a une âme, que devient-elle?

Enfin, lorsque l'être est dans ce nouvel état (la mort), peut-il communiquer avec ceux qui sont restés sur la Terre?

Le matérialiste affirme que non et prétend que le mort — non plus que l'être embryonnaire — étant indéfini, ne peut avoir de communication avec le monde fini qui existe sur notre planète.

On pourrait le croire sur parole — car les plus grands noms dans la Science ne craignent pas de formuler une semblable affirmation — si dans le cours de notre existence il ne se produisait un très grand nombre de faits, de phénomènes inexplicables et inexpliqués par ces hommes de science.

Parmi ces faits et ces phénomènes, figurent au premier rang les expériences de spiritisme.

Sans prendre encore parti dans la discussion, disons dès l'abord qu'il n'y a pas plus de raison de croire que de douter et que notre jugement penchera du côté où nous trouverons le plus grand nombre de preuves.

En France, dans notre beau pays — le plus beau après le ciel, dit Grotius — on rit de tout, *surtout* des choses sensées.

Si vous voulez faire faire un brin de bon sang à vos amis, avouez-leur sans ménagement que vous vous livrez au spiritisme et vous leur procurerez une douce et sincère hilarité. Laissez passer cette explosion de joie ; consolez-vous en pensant qu'il vaut mieux faire rire ses contemporains que de les faire pleurer ; au fond du cœur, vous trouverez cette satisfaction que, si même vous vous trompiez en poursuivant vos recherches, vous êtes plus près qu'eux de la *vérité*.

Voyons, entre nous, s'il n'y avait pas quelque chose de plus que n'y veulent voir les savants, pensez-vous que les plus sages des Romains et des Grecs auraient cru aux évocations des mânes rapportées par les poètes les plus renommés, par les livres sacrés eux-mêmes.

Evidemment, avant de se prononcer sur l'apparition d'un fantôme, il est nécessaire de s'assurer de la lucidité de ses sens et de son jugement, mais combien d'expériences faites dans les conditions les plus sûres ont permis de croire aux évocations ?

A quelque croyance qu'on appartienne, les livres sacrés doivent avoir grand poids ; on les trouve fournis en phénomènes de cette nature et, voyez combien l'évocation était à haut point estimée par les chefs des juifs, le Deutéronome défend au vulgaire de faire des évocations !

La caste sacerdotale, sachant seule le danger et la majesté qui doivent entourer de pareils phénomènes, avait interdit au peuple de s'y livrer, sous les peines les plus sévères.

Le moindre de ces dangers, c'est de prendre pour une évocation, pour une apparition réelle, une hallucination, simple reflet d'idées personnelles.

Passons sur ces manifestations des temps anciens et revenons à la première moitié du XIXe siècle.

A la suite de certains phénomènes produits en Amérique, dès 1846, et restés inexplicables par les connaissances scientifiques de l'époque, un instituteur français publia, sous le nom d'*Allan Kardec*, une philosophie primaire sur l'état de l'âme après la mort. C'est cette théorie qui a servi de base à tous les travaux faits jusqu'à présent dans cette voie.

De conception très simple, la nouvelle philosophie a dû aux qualités de netteté et de clarté d'Allan Kardec, le meilleur de son succès.

La fortune de cette philosophie nouvelle tenait cependant à peu de chose, car elle provenait de la naïveté d'exposition de sujets qui, jusque là, avaient été entourés des brouillards de la théologie.

Le spiritisme, en effet, est un système philosophique complet; il traite : de *l'homme* — de *son passé* — de *sa raison d'être* — de *son avenir*.

Et, voyez quelle simplicité de doctrine :

L'âme (1) a une *tendance* au perfectionnement auquel elle peut prétendre par suite de réincarnations (2) successives.

---

(1) Les spirites appellent *esprit* l'entité intelligente; ils nomment *âme* l'esprit, lorsqu'il est soumis à des épreuves et enveloppé du corps matériel.

(2) On appelle réincarnation le fait d'une âme qui, à la mort, a quitté un corps charnel abandonné à la terre et qui, pour son perfectionnement, reprend un autre vêtement, un autre corps, dans lequel elle accomplit une nouvelle existence.

Par suite, l'âme se réincarne autant de fois qu'il lui est nécessaire pour parvenir à la perfection relative à laquelle elle aspire.

Donc, le passé — la raison d'être et l'avenir de l'homme — s'expliquent naturellement et logiquement.

Nous entrerons plus loin dans les détails de ces grandes lignes et nous en étudierons les particularités ; mais, dès maintenant, voyez comme cette théorie s'accorde bien avec celle que Darwin a formulée pour l'évolution.

La race animale, pour le naturaliste, s'améliore par la sélection ; c'est une chaîne ininterrompue d'êtres, depuis le Zoophyte (animal le moins bien organisé) jusqu'à l'Homme (animal le mieux organisé) ; des matérialistes acharnés ou des spiritualistes enthousiastes vont même jusqu'à dire : depuis la molécule du moindre minéral jusqu'au plus parfait des êtres, du caillou à Dieu.

Dans la doctrine spirite, nous voyons la même évolution. « Une âme change de peau (de corps) à certaines saisons et s'améliore jusqu'à ce qu'elle ait atteint le but vers lequel elle tend. »

C'est tout simplement génial à force d'être simple.

Disons du reste que *Dieu*, l'*Univers* semblent

inconnus à la plupart des spirites ; ils ne savent pas ou ne veulent pas savoir que cela existe.

Maintenant que nous connaissons le but de l'âme, voyons comment la doctrine spirite considère l'*homme vivant*, c'est à dire revêtu du vêtement de l'âme sur cette Terre.

L'*homme* est composé de trois principes différents :

1° Le *corps*, enveloppe et organe des deux autres principes ;

2° L'*âme* (1), esprit pur, source de la conscience, de l'intelligence et de la volonté ;

3° Le *périsprit*, sorte de lien fluidique entre le corps et l'âme ; il accompagne cette dernière après la mort terrestre et lui sert d'atmosphère, de vêtement.

Pour nous résumer : l'âme, esprit pur, est enfermée dans un fourreau presque subtil — ni spirituel, ni matériel, quelque chose comme gazeux — et ce fourreau est renfermé dans une gaîne charnelle que nous appelons corps.

La principale étude d'Allan Kardec roule sur

_____

(1) Presque tous les spirites l'appellent esprit ; je lui donnerai ce nom tout à l'heure, mais j'ai pensé rester plus simple en différenciant autant que possible l'esprit des spirites de celui des philosophes ; celui des spirites correspond à l'âme des chrétiens.

les facultés et la nature du périsprit, le point le plus nouveau et le plus important des doctrines qui nous occupent.

L'homme *incarné* se compose donc d'une âme (esprit), d'une atmosphère d'âme (périsprit), d'une enveloppe au tout (corps).

Ceci bien entendu : que devient l'esprit entre deux incarnations? car on ne peut supposer qu'après une existence bien ou mal remplie sur la Terre, l'esprit ne puisse se reposer.

Il se repose, disent les spirites, en flottant dans les espaces, enveloppé de son périsprit et, dans cet état, il peut entrer en communication avec ceux qui l'appellent.

Puis, quand il a retrouvé un corps qui lui est attribué suivant ses mérites ou ses fautes, il recommence une existence, une *incarnation* et tend toujours vers son perfectionnement.

Cette théorie est très juste puisque l'esprit, la seule partie de l'être qui ait la connaissance dans l'homme, sera puni ou récompensé de ses fautes ou de ses mérites et ne vivra dans la lumière que quand il aura accompli (pour tous les esprits) la même somme d'efforts, la même somme de perfections.

Jusqu'ici, nous ne voyons rien qui choque la

raison. Poursuivons donc notre étude par l'examen de ce qui se passe à *la mort* d'un homme. Au moment de la mort, le périsprit abandonne peu à peu le corps en se dégageant de son étreinte, le lien qui le retenait à celui-ci se rompt enfin, l'homme est mort pour la Terre, il naît pour les habitants de l'espace.

Quelle justification de cette belle loi que Lavoisier a formulée pour la matière : « Rien ne se crée, rien ne se perd, tout se transforme. » Et ne voyons-nous pas combien elle s'applique bien à l'esprit ?

Pourquoi ?

Parce que, dans l'universalité des mondes, vous retrouverez toujours l'immortelle loi d'unité, parce que tout dérive d'une seule et même force.

Savants, quand vous trouverez des preuves semblables de vos hypothèses, vous serez bien près de la *vérité*.

L'esprit est donc né pour sa vie interplanétaire ; que va-t-il devenir ?

Au premier moment de ce détachement, de cet arrachement, l'esprit, qui n'a pas encore la conscience nette du nouveau milieu dans lequel il se trouve, de son nouvel état, est dans le vague (quelque chose comme un rêve, ou plutôt un

cauchemar) ; il se croit encore vivant, c'est-à-dire
sur la terre, comme dans un évanouissement ou
quelque chose d'approchant ; peu à peu, cependant, il s'habitue à son nouvel état et se rend
compte de sa nouvelle existence. Mais, par un
phénomène très compréhensible, les vivants de
la terre sont à lui comme les morts sont aux
vivants terriens. Il voit ses parents et ses amis
morts pour lui, et les esprits qui évoluent dans
son nouveau milieu sont pour lui les seuls *vivants*.

Arrêtons-nous un instant pour voir de plus près
cet état bizarre qui accompagne pour l'esprit
l'abandon du corps. Est-il rien de plus naturel ?
Lorsqu'on jette un homme qui ne sait pas nager
au milieu d'un bassin, il n'a pas une conscience
bien nette de son état ; ce n'est que lorsque ses
mouvements se sont coordonnés, qu'il a pu se
soutenir sur l'eau, qu'il se rend compte du nouveau
milieu dans lequel il se trouve. Bien que la comparaison soit grossière, elle nous semble bien
expliquer le fait du passage de la vie à la mort.

Cependant, l'esprit, dans son nouvel état, n'a
rien perdu de ses facultés, au contraire.

Et cela est très raisonnable puisque l'esprit,
(source de la conscience, de l'intelligence et de la

volonté) n'a en rien changé, n'a fait que le trans-
porter dans un autre lieu ; il n'a rien dû perdre de
son acuité, de son expérience ; bien mieux, débar-
rassé de la lourdeur du corps, de son obstacle au
developpement de l'esprit, celui-ci a acquis une
hyperacuité (une délicatesse supérieure), dont
nous ne pouvons nous former une idée.

Donc, il peut, lui, voir sur la terre ses amis, ses
parents et, lorsqu'il les a aimés, il cherche à leur
faire comprendre qu'il est encore près d'eux, qu'il
n'a pas disparu en entier.

Seulement, son incorporéité (sans matière solide
puisque nous avons comparé grossièrement le
périsprit à un gaz) ne lui permet pas de se manifester à ses parents d'une manière humaine ; il ne
peut avoir d'action que par la force de sa volonté
sur *des objets matériels.* C'est la raison de ces
coups que l'on entend dans les murs, de ces craquements dans les meubles, de ces chutes d'objets
inat endues que l'on signale dans la chambre des
morts, et que l'on tente d'expliquer par les
variations du chaud ou du froid, pour se donner
une explication même insuffisante, tant la vérité
entrevue est émotionnante.

Tel on voit, le soir, dans les champs déserts,
un petit garçon que la nuit épouvante de ses trou-

blantes hallucinations, et qui chante à tue-tête, d'une voix tremblante, pour ne pas approfondir les affres de la peur.

Un fait d'expérience, c'est que les esprits ne peuvent se communiquer *directement* aux vivants que par l'intermédiaire du périsprit de ceux-ci, c'est-à-dire par l'intermédiaire d'un *medium*. On nomme ainsi toute personne capable d'allier son périsprit à celui d'un esprit. Prenons une comparaison bien matérielle, mais explicite : Vous trempez une mèche de coton dans un vase dont vous voulez faire passer le contenu dans un autre vase. Si vous laissez votre mèche dans le vase, le transport par capillarité ne se fera pas; mais si vous amorcez l'autre bout, vous verrez le liquide monter puis passer dans le second récipient. Il en serait de même d'un siphon.

Eh bien, dans le spiritisme, l'amorce c'est le *medium*. Du reste, nous verrons l'explication de ceci dans le chapitre consacré aux pratiques.

Revenons à notre esprit vaguant dans les espaces interplanétaires. Dans cet état, il peut progresser non seulement par l'influence des autres esprits qui l'entourent, mais encore par l'effet de la communion avec les terriens, par l'influence des bonnes actions, des bonnes pensées et surtout des prières de ceux qui l'ont aimé.

Vous en penserez ce que vous voudrez, mais je trouve que cette communion des êtres qui se sont aimés, et dont rien ne peut entraver l'épanchement, même du visible aux immensités de l'invisible, est pleine de grandeur.

L'amour est plus fort que la mort !

Avec cette doctrine consolante, ceux que nous avons perdus ne sont plus perdus pour nous; ils se manifestent à nous par le plus pur d'eux-mêmes, par leur cœur, leur esprit, leur amour, c'est-à-dire par la seule partie d'eux que nous ayons aimée, (sauf dans quelques amours charnelles).

Nous tirons déjà cette déduction, que le monde visible est enserré du monde invisible, lequel contient des esprits.

Ceci vous étonne? En voulez-vous une preuve absolue ? Mettez-vous devant un rayon de soleil : regardez comme il est joli, comme il est blanc ! Faites-le tomber sur l'angle d'un prisme, et aussitôt ce rayon se décompose en sept rayons que nous n'apercevions pas. Voilà comment le visible est entouré de l'invisible. Eh bien ! le *prisme* des vivants, c'est le *medium*. Car, de même qu'en physique, il faut en spiritisme un instrument d'investigation pour étudier les lois de la nature.

J'ai déjà dit que pour qu'un esprit se communique, il faut qu'il trouve sur terre le périsprit d'un vivant capable de s'allier avec le sien, et surtout les organes de ce vivant pour se manifester. C'est ainsi que les esprits peuvent par l'intermédiaire des *mediums*, faire tourner ou influencer des objets pesants (tables, chaises, meubles, etc.).

Les mediums qui obtiennent de semblables phénomènes, sont dits mediúms à *effets physiques* (1) et on nomme phénomènes *physiques*, le déplacement des objets matériels avec ou sans contact.

Mais il faut bien remarquer que les esprits sont plus ou moins avancés, plus ou moins bons, plus ou moins savants, plus ou moins puissants. Il en résulte que les expériences sont fort différentes, et dérivent de l'esprit qui les conduit ainsi que de ce qu'il sait, veut ou peut faire.

---

(1). On nomme spécialement *typtologues*, les mediums qui obtiennent des coups frappés dans la table et qui communiquent avec les esprits, au moyen d'un alphabet dans lequel un coup frappé correspond à la lettre *a*, deux coups à *b*, trois à *c*, etc., ou par tout autre moyen analogue.

Qu'on en rie, mais il faut se méfier dans les expériences des mauvais esprits qui peuvent amener les plus graves accidents, (surtout dans les séances obscures).

Dans d'autres expériences, et avec des *mediums*, qui ont leurs facultés développées dans ce sens, l'esprit agit directement sur le *medium* et se substitue en quelque sorte à lui. Dans ce cas, on voit le *medium* changer de physionomie, le timbre de sa voix s'altère et se modifie, l'esprit parle par son larynx, par sa langue, et lui, medium, n'y a aucune part; ou bien, le *medium* laisse aller sa main armée d'un crayon et écrit (sous la seule impulsion de l'esprit), ce que celui-ci veut communiquer aux vivants.

Ce sont les phénomènes *psychiques*, et la substitution de l'esprit au medium est dite *incarnation*.

On conçoit combien ces phénomènes peuvent prêter à fraudes faciles; c'est pourquoi nous serons très sévères sur les preuves lorsque nous les étudierons.

Parfois, plus rarement cependant, l'esprit peut se montrer aux vivants, en condensant de la matière autour de lui.

C'est ce qu'on appelle les phénomènes *fluidiques*, et le fait pour un esprit de paraître aux yeux des vivants sous une forme matérielle cons-titue la *matérialisation*.

Enfin, dans des cas encore plus rares, l'esprit laisse des traces matérielles de son passage. C'est ainsi que l'on peut rappeler : les objets venus di-rectement au travers des murs, et que l'on nomme *apports*; les écritures directes produites on ne sait comme, qui peuvent s'obtenir dans certains cas sur des ardoises scellées et reposant sous des poids considérables; et une foule de phénomènes que nous décrirons dans un autre volume. (Les Phénomènes du spiritisme).

Donc, avant de poursuivre cette étude, qu'il me soit permis de résumer ce chapitre en quel-ques lignes et de l'accompagner de quelques ré-flexions :

L'évocation des esprits est œuvre de magie, elle résulte d'un fait anormal grave qui entraîne des conséquences sérieuses ; c'est pourquoi, dans l'antiquité, elle n'était pratiquée au plus profond des sanctuaires que par les initiés des grades supérieurs.

L'évocateur doit donc se rendre compte de la gravité de l'acte qu'il veut entreprendre, et s'y préparer par un entraînement spécial, dont la prière forme la base.

Ce n'est pas un jeu qu'une séance de spiritisme et, sans avoir la foi aveugle des croyants, on ne doit l'envisager que d'un esprit critique, sans animosité et non contraire à la production des phénomènes.

Qu'on entoure les expériences de toutes les précautions matérielles possible, c'est le moyen de se mettre à l'abri de l'erreur; et chacun de ceux qui veulent étudier les manifestations spirites, doit se montrer très exigeant, sur le chapitre des précautions.

Disons en terminant : que l'on ne perde pas patience, si on n'obtient rien à la première séance, car, à moins d'avoir un excellent *medium*, on n'est jamais sûr d'avoir de manifestations avant la troisième, ou la quatrième expérience, surtout si on n'est pas entraîné à la pratique du spiritisme. Si, à la quatrième fois, on n'obtient rien, chercher à nouveau un *medium*.

Enfin, un dernier conseil. Si vous voulez des séances intéressantes et sans danger, que l'objet de l'évocation soit toujours dans un intérêt moral, particulier ou collectif, et que jamais il n'ait pour but des demandes futiles ou immorales.

Et maintenant que je vous ai exposé, cependant bien rapidement, l'ensemble de ce qu'on nomme le spiritisme, les esprits moroses fermeront ce livre en me traitant durement (j'y suis habitué); les plus bienveillants me croiront halluciné, les simples iront jusqu'au bout, et peut-être trouveront-ils dans ces pratiques si réprouvées, la consolation dont notre âme à chacun est si avide, et qu'elle cherche vainement dans les pratiques d'un plaisir éreintant et banal.

Enfin, à ceux qui cherchent, qui discutent, je proposerai loyalement la libre discussion de tous les phénomènes que je vais leur livrer, car la science ne se nourrit pas de sentiment, elle ne se contente que des faits soumis à ses creusets, à ses balances.

C'est pourquoi, fuyant loin des sentiers fleuris de la fertile imagination, redoutant les prestiges de l'hallucination, je les convaincrai par les résultats des dynamomètres inaccessibles à l'hallucination, des instruments enregistreurs dont la courbe est à l'abri des influences de l'esprit, des plaques sensibilisées dont l'image révélée est toute matérielle ; alors, ils me rendront cette justice que, peut-être, je suis plus incrédule qu'eux, et que, lorsqu'un phénomène est vrai, sûrement vrai, j'exige qu'il soit accompagné de preuves superflues.

En tous cas, j'ai écrit ce livre de bonne foi, et j'espère entraîner la conviction d'un grand nombre.

Et ma récompense sera suffisante, lorsque je saurai que (sans en rechercher, ou sans en accepter l'explication), j'ai contribué à arracher mes contemporains, à la négation absurde ou ignorante des FAITS VRAIS du spiritisme.

CHAPITRE DEUXIÈME

Qui contient la doctrine d'Allan Kardec.

Je l'ai déjà dit, le spiritisme n'est pas une science, c'est un culte : donc, il a sa doctrine.

Or, l'exposé des doctrines spirites offre ceci de particulier qu'elles gravitent toutes autour de celles d'Allan Kardec.

En effet, on a tenté d'expliquer les mystérieux phénomènes (constatés sûrement) de toutes les façons possibles. Depuis le doute jusqu'au fanatisme.

C'est pourquoi j'ai voulu exposer, dès maintenant, les bases de la doctrine fondamentale. Cette manière de procéder simplifiera l'étude des autres théories. En effet, les ouvrages d'Allan Kardec resteront comme les meilleurs modèles de l'exposé des doctrines spirites en raison de leur simplicité et de leur clarté. Leur connaissance s'impose à tous ceux qui veulent s'occuper de spiritisme.

Si le spiritisme est un acte de foi, il doit en être de lui comme de toutes les croyances; il doit varier avec chaque individu, car chacun de nous a sa foi particulière provenant de sa constitution, de ses tendances sentimentales ou spirituelles, de son imagination ou de sa raison.

Cette aptitude particulière est peut-être, de toutes, celle qui varie le plus; elle se trouve sensiblement limitée :

Par la foi aveugle du charbonnier;

Par l'incrédulité absolue.

En effet, le P. Lacordaire l'a dit : « Le doute est de la foi à l'état de liberté »; et la vraie situation intellectuelle d'un esprit scientifique doit être le doute, tant que des preuves matérielles indiscutables ne lui auront pas donné la certitude... et encore.

Pour nous, dans la foi que nous allons exposer, nous avons un avantage énorme sur tout autre foi, c'est que les théories, les doctrines dont il s'agit reposent sur quelque chose de stable, de ferme : sur des expériences matérielles.

En effet, si d'un côté on peut lui opposer les prestiges des charlatans et douter de sa réalité par les fraudes qu'il a provoquées, le spiritisme présente aujourd'hui un corps de doctrine très net et très simple, d'une grande pureté, et de propositions très consolantes pour le grand problème de notre destinée humaine.

Pour le spirite, la vie terrestre n'est plus ce temps d'épreuve des chrétiens pendant lequel l'être éloigné de sa véritable patrie, le ciel, n'aspire qu'à retourner dans le sein de son père :

> C'est un ange tombé qui se souvient des cieux.

non, c'est un passage nécessaire, une étape fatale de la vie de son âme, et si, parfois, les misères de la vie lui sont dures, si son front se courbe sous les coups répétés du destin, il a près de lui, dans le monde des esprits, un conseiller, un guide, un ami.

Le révélateur de la religion nouvelle fut, par une bizarrerie du sort, le directeur d'un théâtre à femmes de Paris, les Folies-Marigny, aux Champs-Elysées.

On voit déjà les plaisanteries faciles qui accueillirent les premières œuvres de ce créateur de religion qui, de son nom, s'appelait Hippolyte Denizart-Rivail (1) et qui signa ses œuvres du pseudonyme d'Allan Kardec.

---

(1) Rivail est né à Lyon, en 1803, et mort à Paris, en 1869.

Ce que l'on cache avec soin, c'est que Rivail, fils d'un avocat au barreau de Lyon, s'était adonné avec passion à l'étude des sciences, et surtout de la philosophie, et qu'il était mûr pour attaquer l'examen des causes premières et dernières, lorsque les premières manifestations spirites eurent traversé l'Océan pour venir jusqu'à nous.

Ses aspirations spiritualistes l'amenèrent, après de puissantes méditations, à rattacher les âmes, *dématérialisées* et réduites à l'état le plus pur, aux âmes terrestres par un fluide, une force dont la manifestation se retrouvait dans les expériences que l'on venait de signaler en Amérique.

Il mit près de dix ans de réflexion à établir sa théorie et se résolut à asseoir sa doctrine sur des faits dont il ne pût douter.

Pour cela, il fit ce que chacun peut faire soi-même : il se mit à une table et essaya de correspondre avec les esprits des morts.

C'était, pour son époque, une action hardie et méritoire car, ignorant des pratiques spéciales, il dut tâtonner longtemps sans voir nettement la voie à suivre.

Mais, armé de la patience des innovateurs, il ne se rebuta de rien, reconnut que le spirite doit *attendre* les faits et non les *provoquer*, et les laisser se présenter lorsqu'ils le doivent, car, le plus souvent, ils sont amenés par des circonstances auxquelles on n'a pas pris garde.

Dès 1857, il publiait le LIVRE DES ESPRITS; peu après, il fonda la *Revue spirite*, qui paraît encore. En 1858, il institua la fameuse Société parisienne des doctrines spirites; puis, il livra au public, successivement : *Le Livre des Mediums*, l'*Evangile selon le Spiritisme* (1864), *Le Ciel et l'Enfer* ou la *Justice divine selon le Spiritisme*.

Tous ces ouvrages obtinrent un retentissement considérable et l'on peut évaluer (sans exagération aucune) à CENT MILLIONS le nombre des adeptes avoués ou dissimulés qu'il a su recueillir.

Le Livre des Esprits contient la partie *philosophique* de l'œuvre; le Livre des Mediums, la partie *pratique*; l'Evangile selon le Spiritisme, la partie *morale*.

De tous ces ouvrages, le plus curieux et le plus instructif, est le premier qui contient l'exposé de doctrines de psychologie et de morale très élevées. Sur la foi de Rivail, nous devons croire qu'il lui a été dicté par les ESPRITS eux-mêmes qu'il avait évoqués et qui lui ont donné *l'ordre* de le publier sans se laisser décourager par la critique.

Cet ordre est signé, dit Allan Kardec : Saint Jean l'Evangéliste, Saint Augustin, Saint Vincent de Paul, Saint Louis, l'Esprit de vérité, Socrate, Platon, Fénelon, etc.; il mérite donc quelqu'attention.

Du reste, les esprits n'avaient pas hésité à le conduire dans cette voie, le poussant à s'occuper avec zèle du travail qu'il avait entrepris (avec leur concours) car, disaient-ils : « Ce travail est le nôtre, nous y avons posé les bases du nouvel édifice qui s'élève et doit un jour réunir tous les hommes dans un même sentiment d'amour et de charité; mais, avant de le répandre, nous le reverrons ensemble afin d'en pouvoir contrôler les détails. Nous serons, ajoutent les esprits, avec toi, toutes les fois que tu nous demanderas pour t'aider dans les autres travaux, car ce n'est qu'une partie de la mission qui t'a été révélée ».

Nous allons passer à un examen analytique rapide du *Livre des Esprits*.

L'auteur commence par étudier très loyalement les conditions des expériences. Quant au mouvement imprimé à certains objets par une force encore inconnue, il recherche (les faits étant acquis) si cette force est intelligente ou non.

Ce sera, **du reste,** la grande préoccupation de tous les chercheurs sincères, pour qui les faits ne font plus de doute, mais qui ne sont pas d'accord sur les conditions que doit remplir un phénomène produit par une force *intelligente*.

Laissant dans l'ombre certaines manifestations intelligentes du mouvement des corps, négligeant de même les communications verbales ou celles qui sont simplement écrites par le *medium*, et bien qu'Allan Kardec n'en doute pas, il s'attache à l'écriture dite médianimique, c'est-à-dire à celle qui est obtenue par un objet quelconque muni d'un crayon (1) à qui la main du *medium* imprime le mouvement sans que celui-ci y ait la moindre participation.

Eh bien! malgré des manifestations intelligentes indéniables, bien que, sous la main du *medium* le plus illettré, les pensées les plus poétiques se trouvent exprimées, bien que — les personnes présentes influant dans un autre sens — le résultat de l'expérience ait été tout différent, malgré tout cela, nous ne nous appuierons que le plus rarement possible sur des preuves de cette nature, car elles laissent trop de

_____

(1) **Voir** plus loin le chap. **Pratiques du Spiritisme.**

place au doute pour affirmer la conviction dans un esprit novice.

Malgré tout, comme Allan Kardec est un sectaire, il veut dès l'abord se mettre à l'abri des attaques et il se défend d'être le jouet de son imagination ou dupe de charlatans.

Et, on peut dire qu'en 1857 ce reproche pouvait porter un coup funeste à sa doctrine, puisque récemment, dans le *Dictionnaire Encyclopédique des Sciences médicales* — un des meilleurs ouvrages qui se publient de nos jours — on trouve cette définition du spiritisme : « Les fidèles (spirites) sont des naïfs de bonne foi; les habiles s'en servent pour appeler le public et s'en faire, sans grands efforts, un revenu vraiment sérieux ».

Eh bien, non ! les spirites sont peut-être des naïfs, mais ils racontent ce qu'ils voient et leurs yeux valent bien les lunettes des savants qui sont parfois obscurcies par la buée académique.

Pourquoi les spirites, réunis en petits groupes d'intimes, seraient-ils charlatans? pourquoi, dans notre siècle d'argent, des hommes perdraient-ils de bonne grâce de l'Argent, du sacro-saint Argent, à faire danser les tables sans en tirer bénéfice.

Car, je le dis bien haut, fuyez, fuyez systé-
matiquement les séances qui ne sont pas *gratis*,
un vrai *medium* ne se fait pas payer.

Les faits sont donc réels, à moins d'être le
résultat d'une mystification. Mais, dans ce cas,
pourquoi les phénomènes se reproduiraient-ils
toujours de la même manière? Par quelle coïn-
cidence les mystificateurs agiraient-ils toujours
de même? Et de plus, est-il permis de croire que
les assemblées de spirites ne contiennent pas un
seul esprit critique et ne sont composées que de
sots, d'ignorants et de farceurs?

Quant à être dupe, c'est possible, mais c'est à
vous de prendre vos précautions et, en tous cas,
il faudrait admettre une aberration bien plus
mystérieuse que les faits eux-mêmes pour croire
que, parmi les millions d'adeptes du spiritisme
qui expérimentent sur toute la surface de la terre,
à des temps, des lieux si différents, tous sont
fous, et que le monopole du bon sens, de la vérité
est réservé à ceux qui les attaquent.

Moi, je dirai toujours aux incrédules : Lisez,
observez, et surtout pratiquez; les pratiques spirites n'ont rien de secret, elles ne nécessitent que
la bonne foi, la prière, la méditation et l'évocation.

Il y a un point de doctrine qu'Allan Kardec élucide sans retard : c'est celui qu'ont soulevé certains spirites au sujet du contrôle authentique de l'identité des esprits.

C'est, il faut l'avouer, le point faible de la théorie, car il repose seulement sur certains indices, sur certaines présomptions qui presque toujours sont personnelles à un seul consultant.

« Un fils, dit Allan Kardec, ne se méprendra jamais à la parole de son père, une mère au langage de son fils. D'autre part, dit-il, l'écriture change avec l'esprit évoqué, enfin, ajoute-t-il, on a vu des signatures d'une exactitude parfaite ».

Tout cela est fort bien, mais ne peut être pris en considération que lorsque l'on a déjà la conviction de la réalité des phénomènes ; car, si je ne crois pas aux esprits, comment reconnaîtrai-je, dans les manifestations spiritiques, les idées, les penchants, la manière d'être d'un de mes parents récemment décédé !

Il cite, par exemple, ce fait que, si vous vous transportez dans un pays lointain où vous êtes parfaitement inconnu, lorsque le *medium* écrira sur votre demande une communication émanant de votre père, si l'écriture, les idées spéciales, les fautes d'orthographe même coutumières au défunt, se retrouvent dans le message, il y a de grandes chances pour qu'il vous soit adressé par les esprits.

Mais, comme le contraire se produit le plus souvent, Allan Kardec attribue le fait à des esprits mauvais ou ignorants qui ont voulu tromper les vivants. Alors si, au lieu de Victor Hugo que vous avez évoqué, l'esprit vous répond en vers de 14 ou 18 pieds, soyez certains qu'un esprit farceur (parfois même méchant) s'est substitué au poète.

Et puis, convenons-en, croyez-vous que, s'il y a des esprits, les plus grands, les plus élevés dans la hiérarchie, les plus savants s'en vont tout quitter pour se manifester devant quatre ou cinq sots et satisfaire la curiosité bête de ces ignorants qui ne seront même pas convaincus?

Enfin, ne pensez-vous pas que, si chaque soir deux ou trois millions de spirites se mettent à leur guéridon, il ne puisse se trouver que La Fontaine, par exemple, soit appelé à la fois, à Chicago, et à Pékin, ce qui, malgré sa fluidité, rendrait la communication difficile?

A ce sujet, Allan Kardec nous apprend que les esprits peuvent cependant répondre à plusieurs appelé, car, étant incorporés (sans corps), ils rayonnent autour d'un centre.

De plus, il ajoute que si vous avez appelé un grand chimiste, par exemple, et que si ses réponses sont bien conformes à son caractère, mais que, cependant, pour des raisons d'expérience, vous soyez amenés à douter de son identité, il n'y a là rien de bien étonnant; car, dit-il, les esprits de même nature, de même élévation, se réunissent entre eux et forment des *familles* distinctes.

Or, comme le nombre des esprits est illimité, que nous ne les connaissons pas, que nous ignorons jusqu'à leur nom, un esprit de la *famille* de Lavoisier peut venir à sa place, même peut-être envoyé par lui. Il se présente à nous sous le nom de Lavoisier, non pas pour nous tromper, mais parce que, pour fixer notre esprit, nous avons besoin que l'esprit réponde à un nom déterminé.

Nous allons étudier rapidement, maintenant, et sans discussion, les principaux points de la doctrine. On m'excusera d'être un peu concis, mais je dois résumer ici en quelques pages plusieurs volumes considérables.

Il est bien entendu que, dans tout ce qui suit,

je ne fais que rapporter les idées d'Allan Kardec
et non les miennes propres. Dans ce moment,
j'écris pour raconter et non pour prouver.

Le principe de la vie dérive d'une source universelle à laquelle les esprits qui se réincarnent
(qui reprennent un corps) vont puiser, en plus
ou moins grande quantité, ce qui leur permet de
s'en imprégner, ou seulement de s'en recouvrir.
Mais, ils ne peuvent s'emparer de ce fluide vital
que sous la condition de le rendre à la source où
ils l'ont pris lorsqu'ils abandonneront la vie
corporelle.

Ce fluide vital varie également en quantité,
suivant les espèces organiques : il explique assez
bien la longévité ou la mort en bas âge.

Allan Kardec affirme que ce fluide vital peut
se transmettre d'individu à individu, au détri-
ment de celui qui le donne. C'est ainsi que l'on
pourrait rappeler chez un moribond la vie prête
à s'échapper par une sorte de transfusion du
fluide. En somme, après la transfusion du sang,
ce fait n'a rien d'impossible bien qu'il puisse
paraître exagéré.

Kardec rentre dans la loi physique de la nature en disant que l'être mort à la vie terrestre
abandonne à la terre les éléments dont il était

formé, et reproduit de nouveaux êtres par des combinaisons simples.

En effet, la mort n'existe que par sa forme ; elle ne peut être qu'une transformation, et, par suite, les éléments constitutifs des organes d'un individu retourneront à l'état d'éléments, quelques boîtes que vous mettiez pour l'enfermer.

Le seul résultat des six planches du cercueil est de retarder, pour un temps, la décomposition du corps sans pouvoir l'arrêter.

Voilà pour le corps ; revenons à l'étude de l'âme ou esprit.

La question de l'existence de l'âme a été une des plus controversées des siècles passés, nous en parlerons plus loin. Qu'il nous suffise de dire ce qu'en pense le fondateur du spiritisme.

Il commence par cette affirmation : Dieu crée *sans cesse*; par suite, la création n'est qu'un renouvellement des choses ; elle n'a ni commencement ni fin, comme toutes les actions qui se produisent sans cesse.

Dieu crée donc les esprits comme le reste des choses, par sa volonté ; mais, leur origine reste entourée de mystère et ne peut être connue des mortels. Ils sont immatériels pour les vivants qui n'ont pas d'autres termes pour exprimer l'état des esprits qui diffère essentiellement de toute forme ou de toute apparence matérielle ; ils ont cependant une forme fixe, mais, que nous ne pouvons concevoir, car ils sont en dehors de tout ce que nous pouvons connaître, et des mots nouveaux ne nous en apprendraient pas davantage.

Les esprits disent volontiers d'eux-mêmes qu'ils sont une flamme, une lueur. Nous croyons être plus dans le vrai en disant : *une lumière*, sans plus le spécifier.

Ils pénètrent la matière et peuplent les espaces aussi bien que l'atmosphère qui nous entoure. Ils sont près de nous, nous guident souvent, sans que nous nous en puissions douter. Cependant, ils sont hiérarchisés (rangés par catégories) suivant la somme de leurs perfections, et il semble que les moins avancés soient impuissants à se manifester partout.

Ils sont incontestablement intelligents : ce sont même les seuls êtres intelligents de la création, car ils puisent leur intelligence à la source de l'intelligence universelle.

On peut dire d'eux qu'ils individualisent l'intelligence comme les corps matériels individualisent la matière.

Les âmes ou esprits, devant accomplir leur pélerinage dans les mondes, ne s'entourent pas toujours du corps terrestre ; elles peuvent s'incarner sur d'autres planètes où existe la vie ; dans ce cas, elles puisent leur vêtement, leur enveloppe corporelle, dans le fluide universel de chaque terre qu'elles vont habiter.

Les esprits ont été maintes fois consultés sur leur nature, leur manière d'être et sur les grands problèmes de la destinée. Voilà sensiblement le résumé de ces communications:

Les esprits peuvent, à leur guise, choisir la forme et l'apparence qui leur plaît ; c'est ainsi qu'ils peuvent se présenter à leurs amis sous la forme humaine ou non — soit dans l'état de veille, soit dans les songes — et qu'ils peuvent même, lorsqu'ils veulent bien apparaître, adopter une forme palpable et presque matérielle.

Ils ne sont pas tous aussi parfaits les uns que les autres : les plus parfaits sont les plus élevés dans l'échelle des esprits ; ils commandent d'une force irrésistible à leurs inférieurs ; après eux, viennent les esprits qui, pour n'être pas encore arrivés à la perfection, aspirent cependant au bien ; ils sont dans un état de béatitude absolue, car ils n'ont plus besoin pour se perfectionner de subir de nouvelles incarnations; leurs épreuves sont finies; ce sont les bons esprits, les bons génies, les anges, les séraphins.

Viennent enfin les mauvais esprits, très peu améliorés et encore imbus des passions mauvaises de leurs corps et de l'amour du mal; ils ont encore bien des réincarnations à subir avant d'être parfaits, ce sont les esprits mauvais ou impurs; ils se manifestent souvent dans les expériences spirites, et c'est à leur mauvaise intervention qu'on doit ces manifestations grossières, grotesques, parfois dangereuses, que l'on remarque dans les séances... C'est ainsi qu'il se substituent à l'esprit que l'on veut évoquer et donnent en son nom de mauvais conseils; qu'ils profitent de leur incorporéité pour lancer dans la salle des objets lourds pouvant blesser les assistants: (un esprit de cette nature planta, un jour que l'on continuait la séance malgré lui, un couteau de cuisine à une profondeur de plusieurs pouces, dans le guéridon qui servait aux expériences). — Voir les expériences du docteur Gibier, dans : *Les Phénomènes du spiritisme.*

Disons ici qu'il y a une distinction essentielle à faire entre les mots *anges* ou *démons*, suivant qu'on les considère dans leur acception chrétienne ou spirite.

Pour les spirites, il n'y a pas de démons, pas de Satan, pas d'enfer. Il y a des esprits mauvais, imparfaits, qui doivent se réhabiliter ; mais leur état est passager et ils ont la certitude d'arriver au but.

Dans la philosophie chrétienne, dualiste par essence, à l'esprit de bien doit s'opposer l'esprit du mal. A Dieu s'oppose Satan, comme à l'âme s'oppose le corps.

Mais ce Satan, aussi puissant que Dieu — plus même parfois — lutte à armes égales contre la divinité ; il a son culte, ses prêtres, son royaume ; il est Dieu à l'envers. Tandis que, pour les spirites, il n'est qu'un symbole — le symbole du mal.

Ici, ouvrons une parenthèse : Nous savons que l'homme est composé de trois parties distinctes. Mais nous devons pouvoir préciser. Les esprits disent que l'âme est bien unie au corps par le périsprit, mais qu'elle n'est pas enfermée dans ce corps qu'elle occupe, qu'elle rayonne au dehors comme la lumière à travers un globe.

Elle n'a, disent-ils, pas de siège déterminé :

résidant, suivant les individualités, dans le cœur ou dans la tête.

Très originale cette explication qui met d'accord les partisans cartésiens de la glande pinéale et les idéalistes, défenseurs des mystères du cœur.

Nous verrons plus loin les conditions de récompense et de punition, telles que les indiquent les doctrines spirites.

Une question se pose : Peut-on évoquer une âme incarnée, c'est-à-dire qui a revêtu un corps? Oui, répondent les spirites, mais dans des conditions spéciales.

Il faut que l'état du corps permette à l'esprit de se dégager le plus facilement possible. Pour nous, terriens, nous pourrions dire pendant le sommeil, par exemple, c'est-à-dire pendant le temps que le corps repose et laisse l'âme plus libre.

L'âme incarnée vient plus ou moins facilement, suivant qu'elle appartient à un monde d'un ordre plus ou moins élevé, parce que les corps y perdent en importance ce que les âmes y gagnent en valeur.

On peut donc, d'après ce qui précède, *évoquer* l'âme d'une personne vivante ; et même pendant le sommeil de son corps ou lorsqu'il est plongé dans le sommeil hypnotique, l'esprit peut s'absenter de son corps et se présenter *sans être évoqué* devant les personnes qu'il aime.

Ainsi s'expliquent certaines apparitions que l'on perçoit dans les songes et les phénomènes de sympathie les plus curieux.

Lorsque madame Legras rencontra Saint Vincent de Paul, elle le reconnut sans l'avoir jamais vu, et se trouva d'emblée avec lui comme s'ils se connaissaient de longue date.

On a constaté que, dans ces communications, l'âme de la personne visitée par l'esprit conserve seule le souvenir du songe ou de la vision ; l'âme visiteuse en a perdu la mémoire, elle réintègre sa *coque* et n'a pas la mémoire des faits passés. Il en est de même des âmes que l'on évoque qui sont, du reste, dans le même état que celles qui s'*évoquent* volontairement.

On conçoit combien dangereuses sont des expériences de cette nature, quelles précautions doivent les entourer, et de quelle discrétion on doit user en semblable circonstance.

En effet, on se met dans le cas d'apporter les plus grands troubles dans la santé, dans la vie même de la personne dont l'âme est évoquée.

Enfin, en terminant, disons quelques mots de l'âme des êtres inférieurs organisés. Lorsqu'on parle de l'âme d'un chien, d'une rose, on court grand risque de se faire honnir. L'homme a décidé qu'il était le roi de la création et qu'en dehors de lui, il n'y avait ni intelligence, ni volonté, ni langage, ni rien.

Il a tort; la vie végétative, instinctive, est la seule que le plus grand nombre semble posséder. Cependant, il est des animaux chez lesquels on a reconnu de l'intelligence, de la volonté et même un langage spécial (fourmis, singes, etc.).

Il est curieux de connaître l'avis des spirites à ce sujet. Les animaux, disent les esprits, ont une âme, mais bien éloignée de celle de l'homme; cette âme n'est pas un esprit incarné mais seulement une incarnation de l'intelligence universelle.

Cependant, suivant la loi naturelle, toute cause doit avoir son résultat. En effet :

Le principe intelligent animant les bêtes, est soumis, lui aussi, à la loi immuable du *progrès*; il se sublime, s'épure par des transformations successives; puis, il s'individualise peu à

peu et, par une suite de passages successifs, il
va s'améliorant jusqu'au moment où il devient
esprit.

C'est encore un esprit bien matériel, mais il a
conquis son droit d'humanité. Il ne s'incarne pas
encore sur la terre, car il est des mondes inférieurs à notre planète, où les humanités sont
plus grossières et inférieures à la nôtre. Dans
son nouvel état, l'âme se préparera à sa mission
terrestre, et, déjà revêtue des privilèges de tous
les autres esprits, pourra, dès ce moment, commencer les épreuves de son épuration.

Croyant leur tendre un piège, on a demandé aux
esprits, si l'âme de l'animal survivant au corps
se trouvait, après la mort de celui-ci, dans un
état analogue à celui où se trouve l'âme de
l'homme.

Ils ont fait connaître que puisque cette âme
n'est plus unie au corps, c'est une sorte d'être
errant, mais que ce n'est pas encore un esprit
errant. L'esprit qui vogue dans les espaces est
une entité qui pense et qui agit par sa propre
volonté, il a conscience de lui-même. L'esprit des
animaux est, presqu'aussitôt après la mort du
corps qui le renfermait, *réutilisé* dans un nouveau corps.

Il résulte de ce qui précède, qu'il y a des mondes plus avancés que la Terre, où les animaux sont plus avancés que les nôtres, ce qui permet à l'âme des bêtes de passer par les transformations progressives auxquelles les astreint la loi générale de perfectionnement à laquelle aucun corps vivant ne saurait échapper.

CHAPITRE TROISIÈME

Où l'on fait connaissance avec un esprit.

Pour bien nous rendre compte de l'évolution animique, nous allons suivre ensemble un esprit dans ses différentes phases.

Au moment de la mort, l'âme habituée aux passions, aux vices du corps, se trouve toute désorientée. Retenue par son périsprit à ce corps qu'elle doit quitter, elle n'éprouve pas, comme on pourrait le croire, une vive douleur. Cependant, tout dépend de l'état d'âme du moribond. Comment voulez-vous qu'une âme qui n'est pas encore épurée ne souffre pas de quitter ce corps, compagnon de toutes ses joies, d'abandonner ces organes qui ont servi toutes ses passions? Là, alors, il y a réellement douleur, non douleur physique comme celle que nous ressentons sur terre, mais bien douleur de l'âme.

Si, par contre, l'âme perfectionnée n'a plus le même amour pour les plaisirs grossiers de la terre, elle pressent le terme de son épreuve et se remplit de joie.

Donc, pendant l'agonie, à l'instant de la grande transformation, l'âme est sur le point d'abandonner sa *coque*, parfois même elle l'a déjà fui (dans la période du coma); la respiration et les fonctions générales sont encore en action alors que l'âme est déjà dans les espaces.

Dans ce même instant, l'âme délivrée n'a pas la perception bien nette de son individualité, ni conscience de son nouvel état.

Un phénomène physique donnera une explication bien nette de ce phénomène : Regardez une chenille dans sa chrysalide; elle la déchire, la piétine, encore toute habituée à sa vie hivernale; cependant, sous la poussée de l'instinct, elle augmente ses efforts, elle brise le lien qui l'attache à sa coque et, pauvre papillon aux ailes encore collées, elle reste un instant avant de percevoir son nouvel état. Puis, elle ouvre ses ailes toutes grandes et s'envole ivre de liberté, de soleil et d'espace, dans l'azur bleu qui sera désormais son domaine.

Telle se trouve l'âme, le premier émoi passé.

Ses idées lui reviennent très nettes, sa mémoire lui rappelle le passé ; et alors, dans l'épanouissement de sa gloire, dans le triomphe de sa nouvelle épreuve (si elle a vaillamment combattu), elle s'élève dans les espaces, plus proche de Dieu qu'elle n'a jamais été.

Pour ne pas rester sans cesse sur le terrain de la philosophie, arrêtons-nous un instant à une demande, oiseuse mais drôle, qui peut vous venir à l'idée.

L'âme assiste-t-elle à l'enterrement de son corps ? J'espère que vous répondrez vous-même à cette question. Toutefois, il faut distinguer : d'après les témoignages des spirites, on peut répondre par l'affirmative lorsqu'il s'agit d'un esprit élevé, qui a abandonné sans peine et sans déchirement sa vieille peau ; mais, s'il est question d'un esprit plus grossier, le doute est permis, car l'esprit, au moment des cérémonies, se trouve encore dans cet état de trouble qui accompagne son changement d'état.

L'esprit ayant retrouvé sa véritable patrie, soutenu par les âmes de ceux qui l'ont aimé sur la terre, a repris pleine possession de lui-même.

S'il est encore grossier, il attendra pendant un long temps avant de tenter une nouvelle réincarnation : il se complaira dans ce *nirvana* et s'améliorera au contact des esprits meilleurs qui l'entourent.

Malgré cette atonie et ce repos volontaire, il n'est pas heureux, mais il a la perception de ce qui lui manque pour arriver au bonheur. En effet, s'il s'élève au-dessus du monde auquel il appartient par ses progrès vers le bien, il sent qu'il n'est pas dans sa sphère ; il voudrait demeurer, mais il ne saurait y vivre. Il puise dans ce désir la force d'accomplir une nouvelle épreuve et aspire à se réincarner, si toutefois Dieu le permet.

Il peut se trouver ajourné à une autre époque : c'est alors que l'esprit peut se réfugier dans quelque monde en formation, stérile et désert, qui offre peu d'aliments à la satisfaction de ses passions.

Il peut ensuite, lorsque son exil est suffisant, se réincarner dans un être d'un monde supérieur.

S'il est déjà très pur, il aspire à se réincarner sans perdre de temps, car il sait qu'après cette dernière épreuve, il sortira vainqueur de la lutte et jouira de la récompense des élus.

Cet état de fièvre, de sacrifice, se retrouve chez

tous les vrais croyants. Sous Néron, quelle vierge ne courait au martyre, les yeux rayonnants, l'âme exaltée? c'est qu'elle voyait, dans cette dernière souffrance, Dieu qui l'appelait et la bénissait de son amour. Quelle esclave ne puisait dans sa foi un courage héroïque?

Les esprits affirment que, suivant leur degré d'amélioration, ils connaissent la nature; puis, ils entrevoient l'avenir sans pouvoir le dévoiler; ils peuvent cependant parfois le révéler, mais en tous cas, ils le perçoivent. Dans cet état, ils voient Dieu, car ils sont près de lui; ou bien ils le pressentent, ils le devinent sans en avoir une notion absolue.

Dans l'état d'esprit, la perception des choses est pour eux un attribut et non le fait d'un organe; ils sont la lumière, la chaleur; par suite, ils perçoivent, sans yeux, la lumière; sans nerfs, la chaleur.

Enfin, plus l'esprit est élevé, plus son périsprit est épuré, plus il approche de Dieu; alors il saisit, suivant son degré d'élévation, une partie ou l'ensemble de l'harmonie des mondes et les merveilles de l'Univers.

Puisque nous parlions plus haut de la connaissance de l'avenir, tranchons la question et voyons ensemble ce qu'en pensent les esprits.

En principe, l'avenir ne doit pas être dévoilé à l'homme ; cependant, dans des cas très rares et lorsque Dieu le juge à propos, celui-ci peut en être averti, soit par une révélation directe, soit pendant son sommeil.

En cet état, du reste, l'âme incarnée se trouve toujours en communication avec le monde des esprits, qui peuvent la prévenir ; enfin le rêve peut être, si Dieu le veut, un pressentiment qui avertit des faits qui doivent s'accomplir.

C'est ici qu'il y a lieu de reprendre une réponse, donnée par les Esprits à Allan Kardec, au sujet de cette question : Puisque Dieu sait tout, il sait ou non si un homme doit succomber à une épreuve ; pourquoi la lui envoie-t-il ? Les esprits répondent : L'épreuve n'a pas pour but d'éclairer Dieu sur le mérite d'une de ses créatures ; il la connaît bien et il sait ce qu'elle peut faire ; cette épreuve n'a qu'un but : celui de laisser à l'homme tout le mérite de son action, puisqu'il jouit de son libre arbitre. Il a le choix entre le bien et le mal ; l'épreuve le met dans l'alternative de succomber à ses passions, à ses penchants, ou de réagir, et lui permet de conserver tout le mérite de l'effort. Donc, il est évident que la doctrine spirite permet de croire à la divination.

Sans ajouter foi aux absurdités des clefs des songes, les spirites acceptent la théorie de la possibilité des communications avec les habitants du monde invisible; ils croient à la connaissance de l'avenir dans des cas particuliers, il est vrai, soit par prévision directe, soit par pressentiment, soit par l'intermédiaire d'esprits amis, et enfin par Dieu lui-même.

Nous donnerons dans un deuxième volume (*Les Phénomènes du Spiritisme*) des faits très curieux à ce sujet.

Les esprits, fermement hiérarchisés, ne peuvent gagner un degré dans l'ordre de leurs mondes que par les progrès qu'ils ont accomplis dans leur temps d'épreuve. Les bons esprits peuvent aller dans tous les mondes; ils rencontrent ainsi les esprits imparfaits qu'ils ont aimés et peuvent les aider, par leurs bons conseils, à se purifier,

A ce sujet, ils ne communiquent pas entre eux, comme nous, par l'émission du son, par un organe plus ou moins défectueux, ils se servent du fluide universel comme véhicule de leurs pensées. Etant plus avancés que nous, au lieu d'échanger des mots, ils échangent des pensées. Or, comme l'individualité de chacun est manifestée par son périsprit, ils ne peuvent ni se mélanger ni se confondre.

Les esprits supérieurs peuvent se rendre invisibles pour les inférieurs ; mais, malgré cela, ils peuvent toujours veiller sur eux. Or, dans ce monde semi-divin, les âmes ont entre elles des affections plus pures, plus idéales que les nôtres et sont possédées d'un amour sublime, si j'ose dire.

Quel romancier dira les pensées suaves de ces âmes, délivrées des pesantes contraintes des forces matérielles, des grossières obligations des actes charnels ? Quel poète décrira ces délicieux déduits des âmes passant, très douces, dans un monde sans péché !

Car les esprits n'ont pas de sexe puisqu'ils n'ont pas de corps ; il ne peut y avoir chez eux que des passions (tout aussi violentes que sur Terre), mais dépouillées des morsures de la chair.

L'esprit que nous avons choisi, n'étant pas des plus élevés et tendant vers la perfection, a recherché dans une nouvelle incarnation (une réincarnation ou retour dans une forme corporelle) l'épreuve qui devait l'améliorer et l'approcher du but.

Aussi bien, l'âme a ses périodes de développement et ne peut atteindre d'un coup la perfection.

L'esprit, même s'il ne l'a vivement appelée de ses vœux, pressent sa rentrée dans un corps — sa réincarnation — car, malgré ses appréhensions, Dieu ne lui permet pas de se dérober à cette épreuve.

Au moment de sa réincarnation, l'esprit qui vient de retrouver une *coque*, est troublé, car il conserve le souvenir des épreuves passées et appréhende les épreuves futures.

Son adaptation au corps de l'être qui va lui servir d'enveloppe commence dès la conception du dit être, mais n'est complète qu'au moment de la naissance. A mesure qu'il approche de cet instant, le souvenir s'efface en lui, il n'a plus conscience du passé et il recommence une vie terrestre quelconque ; cependant sa nature influe sur l'avenir de cet être ; s'il est pur, l'homme sera bon, aimant le bien et le beau.

Le genre des épreuves que sa vie terrestre occasionne à l'âme réincarnée permet de l'éclairer quelque peu sur son passé.

Sans tenir compte de ce fait que l'on a comme l'intuition de son passé, que les tendances naturelles, instinctives, sont comme des réminiscences de ses instincts, de ses penchants antérieurs, on peut dire que, de même que nous jugeons de la gravité de la faute d'un criminel par la peine qu'on lui inflige, de même nous pouvons préjuger de la vie passée par les épreuves de la vie présente, avec cet avantage que, dans ce dernier cas, il n'y a pas d'erreurs judiciaires.

Ce ressouvenir d'une existence passée, très effacé, plein de charmes, explique pourquoi deux êtres qui se sont aimés et connus dans une existence antérieure ne se reconnaîtront peut-être pas, mais se sentiront attirés l'un vers l'autre avec les douces ardeurs d'un amour juvénile et déjà fort ancien.

C'est l'âme-sœur rêvée, la femme aimée dans un autre monde qui, parvenue au même terme d'épreuve que nous, reflète dans notre esprit le charme de son cœur toujours brûlant pour nous.

Si nous ne la rencontrons pas ici-bas, l'âme-sœur, peut-être la rencontrerons-nous dans un monde moins dur, peut-être jamais...

L'esprit de l'enfant qui grandit n'est pas abandonné à ses propres forces, il est entouré, avons-nous dit, de tous les esprits bons ou mauvais ; les bons veillant sur leurs protégés et les défendant, sont les esprits supérieurs dits anges gardiens.

Les fascinateurs, les entraîneurs sont les esprits du mal.

On assure que nos anges gardiens, par amour pour nous, peuvent se réincarner pour nous guider d'une manière plus immédiate dans la vie ; mais, la plupart du temps, ils préfèrent confier cette mission à des âmes incarnées sur la Terre et qui leur sont sympathiques.

C'est de là que nous viennent ces hasards inexplicables, qui modifient notre existence de fond en comble ; c'est de là que naissent les rencontres fortuites et les idées innées, qui nous sont soufflées par notre ange et qui appellent notre attention sur un point particulier qui doit amener le résultat auquel ils tendent.

Ainsi, nous conservons notre libre arbitre, dont nous sommes si fiers ; notre dignité d'homme ne souffre pas de ces idées qui nous sont suggérées, à notre insu, que nous prenons pour nôtres et que nous sommes toujours libres de suivre ou non. Combien de fois n'avez-vous pas dit : « Tiens, j'ai eu là une bien bonne idée... » Enfant ! dites que les esprits qui vous entourent vous ont suscité une bien bonne idée, à laquelle vous ne pensiez même pas, et que vous avez été assez heureux pour suivre inconsciemment l'impulsion qu'ils avaient résolu de vous communiquer.

———

CHAPITRE QUATRIÈME

Où l'on expose les théories idéalistes
des faits du spiritisme.

On retrouve la continuation des œuvres d'Allan Kardec, dans les travaux d'un certain nombre de spiritualistes modernes. Chacun, suivant sa conformation intellectuelle, a apporté à la doctrine du maître sa part contributive de connaissances et de foi.

On ne pourra s'étonner de rencontrer, parmi les spirites, les esprits les plus délicats, les écrivains les plus imaginatifs, car leurs facultés d'amour trouvent, dans les doctrines que nous venons d'exposer, un vaste champ au développement de leur nature poétique.

Tout d'abord, présentons Svédenborg : Son vrai nom était Emmanuel Svelberg. Il naquit à Stockolm en 1688, d'une famille riche et puissante.

Il ne tarda pas à se faire remarquer par ses travaux scientifiques. En 1715, il était déjà réputé un savant distingué ; ses publications sur la division décimale, sur les marées, sur le mouvement de la terre et des planètes étaient estimées de tous les savants.

C'est à cette époque que la reine Ulrique Eléonore changea son nom primitif en celui de Svédenborg et l'anoblit, afin qu'il pût occuper à la Diète la place que son érudition et l'élévation de son caractère lui assignaient naturellement.

Nous ne pouvons le suivre dans ses puissantes conceptions scientifiques ; il suffit de dire qu'il publia des traités ou des ouvrages d'ordre élevé sur la métallurgie, la physique, la minéralogie, l'astronomie, l'histoire naturelle, la physiologie…, mais passons ; on voit, par ce court exposé, que ce fut un des hommes les plus érudits et les plus extraordinaires de son siècle.

Il avait publié, à Dresde, un ouvrage de philosophie où se remarquaient les germes de sa future conversion au mysticisme spirite. Cet ouvrage était consacré à l'étude *du lien mystérieux du corps et de l'âme.* Mais il restait sur le terrain philosophique ; rien ne permettait de présager l'évolution qui allait se produire dans cette vaste intellectualité, **et l'amener,** de savant naturaliste et astronome, au rang de visionnaire et de fondateur d'une religion nouvelle.

Car Svédenborg est bien le fondateur d'une religion. Les Svédenborgiens ne sont pas des Kardecistes (partisans d'Allan Kardec) ; ils réprouvent même les expériences de spiritisme ; ils sont tout acquis aux dogmes.

Les nombreux ouvrages que Svédenborg publia furent rapidement traduits dans toutes les langues et lui attirèrent une grande quantité d'adhérents. Il ne tarda pas à être entouré d'un nombre très respectable de prosélytes et il fonda une véritable église à laquelle il donna le nom de *Jérusalem nouvelle.*

Cette secte, qui compte environ deux millions de croyants, s'est recrutée surtout dans les peuples du Nord, dont l'imagination un peu nuageuse répond bien au mysticisme de cet enseignement. En France, on n'en rencontre que peu. Il y a cependant à Paris, rue Clovis, une chapelle Svédenborgienne qui réunit une centaine de pratiquants.

Voici comment, en 1745, s'opéra l'évolution rapide dans l'esprit du fondateur de cette secte. Il **en** donne lui-même la description dans une

lettre à M. de Robsam, qui précède son ouvrage *De cœlo et inferno*. (Du ciel et de l'enfer).

« J'étais à Londres, dit-il, et je dînais, plus tard
que d'habitude, dans une auberge où je m'étais
réservé une pièce afin de pouvoir méditer tran-
quillement sur les choses spirituelles.

« J'avais faim et je mangeais avec appétit. Vers
la fin de mon repas, une espèce de brouillard se
répandit sur ma vue et je vis le plancher se
couvrir d'affreux reptiles. L'obscurité s'épaissit
encore, mais elle s'évanouit et j'aperçus, dans un
coin de la pièce, un homme environné d'une vive
lumière.

« Les reptiles avaient disparu au retour de la
lumière.

« J'étais seul et je fus saisi d'effroi, lorsque j'en-
tendis l'homme dire d'un ton menaçant : — Ne
mange pas tant !

« Le même fantôme m'apparut le lendemain à la
même heure et au même endroit ; mais ses paroles
furent moins triviales cette fois.

« Je suis, me dit-il, le Dieu, le Sauveur, le
Rédempteur. Je t'ai choisi pour expliquer le
véritable sens des Saintes Ecritures. Tu écriras
sous ma dictée.

« La vision dura peut-être un quart d'heure, et dès cette même nuit, mes yeux devinrent aptes à voir dans les cieux, dans l'enfer, et dans le monde des esprits. Je reconnus plusieurs personnes mortes à des époques différentes.

« Je ne songeai plus dès lors qu'à m'occuper de choses spirituelles et à accomplir les ordres du Seigneur. »

Pendant vingt-huit ans, il vécut en communication aves Jésus-Christ et avec les anges, et son esprit, envolé vers les sphères bienheureuses, ne redescendit pas une fois sur la terre et plana jusqu'à sa mort, à ces hauteurs, où brille la lumière.

Il a décrit, dans plusieurs ouvrages, les splendeurs du séjour céleste.

Sa religion est douce comme ses visions; elle repose tout entière sur l'amour. En effet, toute âme est faite pour s'unir à une autre âme, et les mariages célestes sont les seuls parfaits. C'est la réunion de deux âmes humaines, ainsi liées pour l'éternité, qui constitue ce que nous appelons les anges.

Ces anges sont, d'après lui, de forme analogue à la nôtre; mais ils sont l'expression de la beauté parfaite, rehaussée de l'éclat de la pureté et de la noblesse. Ce sont des corps réels et non des fluides ou des fantômes, comme on a coutume de les représenter ou de les concevoir dans les autres religions.

Le monde spirituel et invisible correspond avec le matériel et le visible de telle manière que tous les objets terrestres, quels qu'ils puissent être, représentent des choses spirituelles.

Car il faut bien remarquer que, pour Svédenborg, le monde spirituel n'est pas idéal, mais qu'il est bien réel, plastique et peuplé comme la terre d'une race d'êtres spirituels, conformés comme les terriens, avec des membres et des organes analogues aux nôtres.

On ne peut mieux comparer cette théorie qu'à celle de l'Age d'or des anciens où les peuples vertueux vivaient dans la pureté et l'amour du prochain, où la justice était observée et où les dieux étaient révérés.

Car, avec Svédenborg, ces séjours célestes, ces anges ne sont autre chose que la perfection de ce qui se passe sur la terre, mais avec les mêmes éléments.

Dieu enfin, pour ce prophète, est UN mais triple dans le *Christ*. Pour lui, la *volonté* représente ce que les chrétiens appellent le *Père* et l'Esprit saint correspond à l'amour, à la charité.

Ses œuvres sont empreintes d'un tel mysticisme qu'il est nécessaire de les étudier en les rapportant aux faits connus pour pouvoir en tirer la substance. C'est ainsi que, si on s'en fie seulement au sens *littéral* du texte, on court risque d'en perdre les enseignements sublimes d'inspiration qu'il renferme cependant.

On peut se demander comment un esprit de l'envergure de Svédenborg n'a jamais fait appel à ses connaissances scientifiques et s'est envolé vers les sphères spéculatives qu'il n'a jamais abandonnées.

La raison en est simple : L'esprit abstrait par une longue et puissante méditation, rendu indépendant des sens et des objets extérieurs, se réduit à l'état d'*extase*. C'est alors que l'âme reçoit *passivement* un tableau *spiritualisé* des choses, des objets et des événements ; ils s'y peignent, plus ou moins nettement, mais présentent toujours un caractère plus ou moins évident de vérité.

On conçoit que lorsque cette extase se produit chez un sujet de mœurs et d'âme aussi pures que l'était Svédenborg, d'esprit aussi lucide, elle peut amener des résultats merveilleux et que, dans cet état spécial, un tel sujet peut recevoir et communiquer aux humains d'étonnantes vérités.

C'est ainsi que, bien qu'il ne prît plus part au mouvement politique de la Suède, il était resté l'ami de la reine Ulrique qui avait abdiqué en 1721, et qu'il lui prédit plusieurs événements qui se réalisèrent avec une étonnante justesse. Il prédit, du reste, sa mort pour la date précise où elle se produisit à Londres, le 29 mars 1772.

Pour terminer cette trop courte étude des doctrines Svédenborgiennes, nous allons développer les préceptes de la Nouvelle Jérusalem.

L'homme, médiateur entre le monde instinctif et le monde divin (1), chercha, en raison de son essence même, de sa soif égoïste d'individualité, à se soustraire à la dépendance de la Providence. Il rompit, par la force de sa volonté, le lien qui l'unissait au divin d'où il était émané, et il se trouva plongé dans l'instinctif ; trop faible encore

---

(1) On voit encore réapparaître l'homme sous forme de trinité, mais ici, c'est dans un plan supérieur aux théories spirites que nous avons vues. Ce n'est plus l'homme, c'est l'humanité qui est intermédiaire entre l'instinct et Dieu.

pour le dominer, puisqu'il avait perdu sa puissance en se rendant indépendant de l'autorité providentielle, il y sombra et se trouva envahi par les essences du monde inférieur auxquelles il avait autrefois commandé.

Depuis cet instant, — moment de la chute de l'homme, — jusqu'à la réintégration finale, sept églises se succédèrent sur la terre.

Quoique cet exposé soit un peu abstrait, il est bien désirable que le lecteur lise avec attention ce qui va suivre :

Dans l'âge d'enfance de l'humanité, dit Svédenborg, les hommes possédaient l'amour instinctif du Bien et, par suite, l'amour du semblable se trouva tout naturellement développé en eux. Puis, en devenant *plus externes* (moins en communication avec Dieu), ils ne reçurent plus directement du monde spirituel la révélation de leurs connaissances et cessèrent de refléter Dieu. Enfin, au lieu de tirer leur instruction des inspirations du divin, ils la cherchèrent dans les principes de la science, c'est-à-dire par l'intermédiaire de l'instinctif (du monde externe qui frappait leur esprit par le moyen des sens).

Les Très Anciens savaient bien cependant qu'un homme qui se laisse aller à croire qu'il n'est plus un *organe de la vie de Dieu*, mais qu'il est lui-même la VIE, ne pouvait plus être détourné de l'idée qu'il était lui-même DIEU.

Et non seulement cela, mais encore que tout homme qui pense qu'il possède en lui la *moindre trace* de VIE PERSONNELLE, lui appartenant en propre, dont il puisse librement disposer, se livre au mal, et qu'il ne retrouvera plus la lumière que lorsque les tentations et les combats qu'il aura à supporter pour chasser cette erreur fondamentale de son esprit l'auront amené à juger sainement de sa propre valeur humaine, et lui auront permis de reconnaître que le bien et le vrai sont chez lui des émanations divines qui ne peuvent être créées par les seules forces humaines.

Svédenborg ajoute que les Très Anciens perdirent ainsi l'amour instinctif du bien et le transformèrent à leur usage, en amour de soi (égoïsme). Ils étaient cependant d'origine céleste et n'avaient pas perdu tout commerce avec le monde spirituel; mais, à partir de cette époque, les communications restèrent circonscrites pour eux aux esprits qui étaient devenus aussi égoïstes, et c'est alors que la sagesse antique de la Très Ancienne Eglise fut transformée en idolâtrie et en magie, et cette transformation marqua nettement les signes de l'approche de la fin de cette première Eglise (1), qualifiée par le poètes « Age d'or ».

Dans la deuxième Eglise, l'amour exclusif des choses externes manifesté par le désir de se conduire soi-même sans avoir recours aux impulsions du monde divin, obstrua complètement les voies par lesquelles l'homme communiquait avec ce monde. Pour rétablir la communication, il fallait, dit Svédenborg, une Révélation sous une forme plus appropriée au génie des races humaines de cette époque.

La caractéristique de cet âge fut la recherche du vrai pour le vrai et la réunion en corps de doctrines des traditions principales de la Très Ancienne Eglise personnifiée dans Hénoch, matérialisées pour les hommes de cette génération qui devaient être l'Eglise de Noé ou Eglise Ancienne.

En effet, jusque là, grâce à sa pureté relative,

---

(1) Si l'on en croit le fondateur de la religion en question, ces hommes d'une essence spéciale, quoiqu'ils fussent humains, auraient été doués de facultés d'une puissance prodigieuse dont nous pouvons retrouver quelques traces dans les natures exceptionnellement douées et dont l'extériorisation maladive se manifeste particulièrement chez les sujets magnétisés ou même hypnotisés.

l'homme lisait, dans la nature même, les correspondances du visible à l'invisible, du monde réel au monde spirituel ; mais, ayant irrévocablement perdu l'instinct du bien, il fallut remplacer cet *instinct* par une *science* pour les hommes de l'Eglise Ancienne, qui est l'Age d'argent des poètes.

C'est ainsi que la PERCEPTION des hommes de la Très Ancienne Eglise fut remplacée chez les hommes de l'Ancienne Eglise (qui succéda à la Très Ancienne) par la CONSCIENCE.

A l'Eglise de Noé succéda celle d'Héber (Age d'airain) qui semble correspondre à notre âge héroïque (héros d'Homère, siège de Troie, etc.); c'est la période du culte des sacrifices où l'homme a déjà perdu le sens des correspondances entre le réel et le spirituel.

La recherche de la vérité disparut et les églises devinrent de culte purement représentatif. En un mot, on faisait les cérémonies sans savoir pourquoi. Les hommes cessèrent donc de rendre à Dieu un culte dans le sens interne (en raison du lien qui les unissait autrefois), et lui rendirent, en conservant un lointain souvenir, un culte externe, où l'apparence seule était conservée.

L'Eglise suivante, dite Eglise Israélite, prit son

point de départ à Abraham. Elle entra ainsi dans l'Age de fer ; les Hébreux n'avaient d'autre but que celui de la satisfaction des jouissances matérielles ; toute leur religion ne repose que sur la promesse d'un royaume matériel (terrestre) qui devait soumettre toute la terre à leur domination. L'homme a perdu, dans cette époque, presque le souvenir de son origine ; mais, quelque bas qu'il fût tombé, quelqu'instinctif qu'il fût devenu, il possédait en lui l'étincelle divine émanée de Dieu et il ne pouvait s'anéantir.

C'est ici que se manifeste l'intervention divine. Or, pour que la régénération de l'homme, que nous avons vu à son dernier degré de décadence et, par suite, pour que son salut puissent être assurés, il fallut que Dieu s'incarnât, devînt homme sous la forme de Jésus-Christ, rallumât l'étincelle divine et rétablît la communication entre le Ciel et la Terre.

L'humanité a donc commencé sa marche ascendante vers Dieu, elle remonte jusqu'à l'esprit pur, après être descendue à l'instinct ; elle est appelée, dans les trois dernières Eglises, cinquième, sixième et septième, à reconquérir les perceptions finales auxquelles elle doit participer ; elle saisira, dans ce temps à venir, les effets, les causes, les lois, c'est-à-dire qu'elle aura la perception nette des FAITS, des LOIS et des PRINCIPES de toute chose, et alors, elle sera reconstituée à l'image de Dieu.

On conçoit que l'ascension des Eglises futures est l'inverse de la marche descendante des premières Eglises ; déjà, dans la sixième Eglise, l'humanité atteint une telle hauteur de perfection, tant de corps que d'âme, d'intelligence que de spiritualité, que nous ne pouvons nous en faire une idée dans nos conditions actuelles de développement intellectuel.

Pour la septième Eglise, l'homme sera alors d'essence divine et il ne nous est pas permis, dans notre état de quatrième Eglise, d'en concevoir les attributs,

Cette théorie spiritualiste tient de si près à celle du spiritisme, que nous devions l'analyser rapidement. On y rencontre des points communs : Emanation de l'âme divine. — Communication avec des êtres supérieurs, avec Dieu même. Il y a lieu de remarquer aussi la théorie des correspondances, qui apparaît dans les deux religions

En ce qui concerne les phases de l'évolution future, Svédenborg ajoute que la Révélation nouvelle a été établie sur des choses vues et enten-

dues *(ex-visis et auditis)* pour que la vie spirituelle de chacun pût parvenir jusque dans les
actes extérieurs de la vie des sens.

La foi commença, en effet, par s'appuyer du
témoignage des sens, et le sang des martyrs ne
fit que la consolider. Le vrai pivot de la religion
chrétienne est la crainte du châtiment, mais cette
disposition ne tarde pas à disparaître avec l'élévation de l'esprit et l'homme voit qu'il doit faire
le bien pour le bien, et non par la crainte. C'est
alors que la doctrine de l'évolution n'est plus la
lutte sauvage et désespérée, la LUTTE POUR LA
VIE où la force (de quelque nature qu'elle soit)
prime le droit, mais devient un concours de
tous, une communion, une coopération générale pour l'établissement d'une justice ration-
nelle.

C'est ce niveau moral supérieur que l'humanité doit atteindre dans le stade prochain; puis
l'ascension continuera et le progrès dans l'intellectuel se fera comme il doit se faire dans le moral, sur ces bases : que l'on peut être sauvé dans
tous les cultes, et même en dehors de tous les
cultes, lorsqu'on est vraiment, sincèrement inspiré
de l'esprit de Dieu, et que l'âme est guidée par
l'amour de la divinité et du prochain.

Une transition des plus simples nous amènera à Cahagnet, un spirite qui eut, l'un des premiers, la révélation des manifestations spirites au moyen d'un miroir magique dont le secret lui aurait été révélé par Svédenborg lui-même. Peu instruit, mais très loyal, Cahagnet a dit ce qu'il a vu ou entendu. Il conversait avec Galilée qui lui dictait des pages d'astronomie, avec Franklin qui lui communiquait le principe d'une machine électrique, etc., mais surtout avec Svédenborg qui lui enseignait les préceptes de sa théorie en ce qui concerne Dieu, la vie future, les âmes, leur existence antérieure, etc.

Aucune des révélations de Cahagnet n'a fait avancer d'un pas les doctrines émises avant lui, bien qu'il ait écrit les *Arcanes de la Vie future,* la *Lumière des morts, Révélations d'outre-tombe, Magie magnétique,* etc.

C'est par le moyen de la demoiselle Adèle Maignot, qu'il plongeait dans l'état extatique, qu'il a eu les révélations dont ses trop nombreux livres ne sont que la copie.

Victor Hennequin, un avocat d'un caractère loyal et désintéressé, n'eut pas la même fortune. Il avait employé le mode spiritique de communication avec les esprits pour écrire un livre : *Sau-*

vons *le genre humain*, qui ne trouva jamais d'éditeur, bien que l'*esprit de la Terre* qui l'animait lui eût prédit qu'un libraire nommé Delahaye lui achèterait ce livre cent mille francs! Hennequin mourut à l'hôpital des fous.

D'après lui, l'*âme de la Terre*, sorte d'esprit fluidique, guidait la plume que sa main ne faisait que mouvoir, la communication s'écrivait à son insu et en dehors de lui (1).

Eléphas Lévi (de son vrai nom Alphonse-Louis Constant) fit apparaître l'esprit d'Apollonius de Tyane qu'il put voir et toucher. Pour lui, qui écrivit la *Science des Esprits* qui contient la révélation des dogmes secrets des Kabbalistes, il expliquait les phenomènes spirites par l'action d'une lumière astrale, agent universel de la vie, qui peut être mise en jeu par les pratiques de la magie.

Il affirme que les morts ne révèlent jamais les

---

(1) Ce mode de communication fut révélé par Carion, dans ses Lettres sur l'évocation des Esprits; il disait simplement qu'il fallait consulter mentalement l'âme de celui qu'on voulait évoquer et lui abandonner sa main armée d'un crayon ou d'une plume; dans ces conditions, l'esprit inspirait ce que le *medium* (l'évocateur) écrivait, sans que celui-ci y eût la moindre part. On appelle ceux qui pratiquent ainsi : *mediums écrivains*.

mystères de l'autre monde et que, si les êtres évoqués répondent à ceux qui les interrogent, ce
n'est jamais avec une voix qui frappe réellement
les oreilles, mais par des impressions intérieures
et enfin, que, si on se sent touché par le fantôme
même, cette sensation est purement imaginaire.
Il conclut que le surnaturel n'existe pas et n'est
que le naturel exalté. Définition très juste de la
plupart des expériences spirites.

M. de Mirville vient ensuite, qui propagea la
doctrine de Gougenot des Mousseaux selon laquelle les esprits que l'on peut évoquer sont des
démons (dans le sens de diable opposé à Dieu)
qui usent de tous les fluides à leur disposition
pour communiquer avec les humains. Ces démons ou esprits font tourner les tables et répondent aux questions qu'on leur pose pour montrer
aux hommes, plus nettement chaque jour, les
signes avant-coureurs du règne de l'Antechrist et
la nécessité de revenir aux exorcismes employés
autrefois contre les démons qui possédaient les
humains.

On a assuré que les esprits reflétaient toujours
les opinions et les croyances de ceux qui les évoquent ; ce fait est vrai dans certains cas, c'est ce
qui semble ressortir des expériences faites en

1853, rue de Beaune, 2, par une réunion de phalanstériens : Allyre Bureau, Ch. Brunier, Franchot (le mécanicien qui inventa la lampe modérateur), etc., et surtout Eugène Nus qui a publié en 1880, dans *Choses de l'autre monde*, les dictées de l'esprit qui sont toutes empreintes (Nus en convient lui-même) (1) de l'esprit qui animait les évocateurs, c'est-à-dire de théories Fouriéristes ou phalanstériennes.

Ce curieux ouvrage de Nus contient aussi de la musique *inspirée* à Allyre Bureau par les Esprits. C'est tour à tour : le *Chant de la Terre dans l'espace*, le *Chant de la Lune à son déclin*, le *Chant de Saturne*, qui ne sont en somme que des sortes de mélopées sans grande originalité.

---

(1) « Nous sommes imprégnés de ces abstractions (religion nouvelle) avec lesquelles nous avons jonglé pendant deux fois vingt-quatre heures et, quand nous commençons nos expériences, après avoir mis le prophète (Louis de Tourreil) en voiture, la table nous renvoie le reflet de nos récentes dissertations. . . . .

« Nous la laissons (la table) libre de parler à sa guise; toutefois, je soupçonne que Pottier, alléché par nos définitions en douze mots dont je lui ai cité quelques spécimens, a une telle envie d'en avoir de pareilles, que son désir influence la manifestation. . . . . ».

Les expérimentateurs finissent, lorsqu'ils sont de sang-froid et qu'ils étudient le phénomène de plus près, par ne voir ni n'entendre presque plus rien.

La particularité la plus grande de ces réunions, c'est que l'esprit s'exprimait en phrases, le plus généralement de 12 mots de cette force : Demande : *Qu'est-ce que l'amour?* Réponse : Pivot des passions mortelles, force attractive des sexes, élément de la continuation ; ou bien : Demande : *Qu'est-ce que la philosophie?* Jeu de mots, fantaisie du dictionnaire, analyse du vide, synthèse du faux ; il dicta encore ce quatrain un peu osé :

> Dieu dont une artère
> Bat dans tous les fronts,
> A mal à *la Terre*
> Quand nous y souffrons !
>
> POTTIER.

M. A. Meister a publié, en 1862, le résultat de ses conversations avec l'esprit de Leibnitz : Il mérite d'être cité, car sa théorie diffère sensiblement des doctrines spirites en ce que les esprits ne donnent point de réponse sur les questions relatives aux régions qu'ils habitent ou à la constitution des mondes.

De plus, il faut remarquer, dans l'exposé qui suit, que, dans cette théorie, l'esprit n'a pas de périsprit, mais est unique d'essence et que, dans les évocations, il ne se montre pas tel qu'il est maintenant au moment de l'évocation, mais tel qu'il a été sur la terre; en dehors de cela, il diffère peu des points fondamentaux des théories spirites.

— Dites si un esprit peut prendre après la mort une forme matérielle? Si cette forme est la même que celle qu'il avait de son vivant, et enfin si c'est une forme humaine?

— Un esprit possède une forme qui représente sa personnalité bonne ou mauvaise; il ne peut donc avoir la forme humaine qui ne correspond pas toujours aux qualités, bonnes ou mauvaises de l'individu. Je ne pourrais donner de comparaisons exactes: la beauté, telle que vous la comprenez chez les hommes, n'existe pas chez nous; la beauté ou la laideur morale n'existe que par leur expression et ressemble ainsi au charme du regard ou du sourire qui font deviner l'intelligence, ou la bonté d'un individu. L'apparence des esprits n'est pourtant pas immatérielle; elle est pour ainsi dire fluidique.

— Devons-nous croire aux apparitions des esprits?

— Assurément.

— Pourrais-je vous voir?

— Certainement.

— Mais, si vous n'avez plus la forme humaine, comment puis-je vous reconnaître ?

— En évoquant l'image de ce que j'étais dans votre pensée, car en vous apparaissant, nous nous servons de votre esprit pour nous donner l'apparence du corps que nous possédions sur la terre.

— Ce serait alors une sorte d'hallucination ?

— Oui ; mais il existe l'hallucination d'un esprit maladif et celle qui est produite par les esprits qui doivent posséder une apparence pour se faire reconnaître des hommes.

— Dois-je croire aux apparitions matérielles ?

— Oui. Nous provoquons chez vous la sensation du tact, de même que toutes les autres sensations.

— Les esprits peuvent ainsi provoquer en nous toutes les sensations ?

— Assurément.

— Est-ce malgré nous ?

— Un mauvais esprit peut en effet surprendre votre volonté, mais l'ardeur de vos désirs suffit à provoquer chez vous son intervention et son apparition.

Revenons avec M. Eugène Bonnemère à une métaphysique aimable, un peu Florianesque, qui s'envole dans les horizons bleus, et qu'il développe dans *l'Ame et ses manifestations,* sans modifier sensiblement la théorie Kardeciste. C'est lui qui a écrit: « J'ai ri comme tout le monde du spiritisme, mais ce que je prenais pour le rire de Voltaire n'était que le rire de *l'idiot,* beaucoup plus commun que le premier. » Phrase qui est peut-être d'un convaincu, mais non d'un écrivain impartial ; ou encore : « La mort n'est qu'une transformation de la vie, qui se perpétue pour progresser... » C'est bien vague.

Auguste Vacquerie a relaté dans les *Miettes de l'histoire,* comment il fut amené au spiritisme, ainsi que ses croyances à ce sujet. Cette conversion fut due à Mme de Girardin. Voici comment:

Vacquerie se trouvait à Jersey avec Victor Hugo, à l'époque de son exil ; Mme de Girardin, spirite convaincue, vint voir le poète dans son île et, après quelques expériences infructueuses, une séance convaincante eut lieu.

Voici sa conclusion:

« Je ne doute pas de l'existence des esprits et j'admets volontiers que nous ne sommes pas les êtres les plus parfaits qui existent et qu'il peut y en avoir autant qui nous sont supérieurs que nous connaissons de races inférieures.

« Dès lors, une table peut bien servir de communication entre les esprits et l'homme. On objecte que la matière ne peut être mue que par des êtres matériels; mais, j'ignore si les esprits sont absolument immatériels, et il peut y avoir des transitions entre l'état humain et l'état immatériel. La mort peut conserver encore quelque matière, ce qui suffit à pouvoir admettre la possibilité du phénomène des tables tournantes.

« Depuis, j'ai changé de résidence, j'ai interrompu ces conversations quotidiennes et j'en viens à douter de ce que j'ai vu de mes yeux et touché de mes mains.

« Je suis même heureux d'avoir à dire que pour ce qui est de l'existence des esprits, je n'en doute pas. Je n'ai jamais eu cette fatuité de race qui déclare que l'échelle des êtres s'arrête à l'homme; je suis convaincu que nous avons au moins autant d'échelons sur le front, que nous en avons sous les pieds, et je crois aussi bien aux esprits qu'aux onagres. Leur existence admise, leur intervention n'est plus qu'un détail; pourquoi ne pourraient-ils pas communiquer avec l'homme par un moyen quelconque, et pourquoi ce moyen ne serait-il pas une table? Des êtres immatériels ne peuvent faire mouvoir la matière? Mais qui nous prouve que ce sont des êtres immatériels ? Ils peuvent avoir un corps plus subtil que le nôtre et insaisissable au regard, de même que la lumière l'est au toucher. Il est vraisemblable qu'entre l'état humain et l'état immatériel, si toutefois il existe, il peut y avoir des transitions. Le mort succède au vivant comme l'homme à l'animal. L'animal est un homme avec moins d'âme, l'homme est un animal en équilibre, le mort est un homme avec moins de matière, mais qui en possède encore. Je n'ai donc pas d'objection raisonnée contre la réalité du phénomène des tables.

« Mais, neuf ans ont passé depuis ce temps. J'interrompis au bout de quelques mois ma conversation quotidienne, à cause d'un ami dont la raison peu solide ne put résister à ces souffles de l'inconnu. Je n'ai plus revu ces cahiers ou dorment les paroles qui m'ont si fortement remué. Je ne suis plus à Jersey, sur ce rocher perdu dans les vagues, où expatrié, arraché du sol natal, hors de l'existence, mort vivant moi-même, la vie des morts ne m'étonnait point. Et la certitude est si peu naturelle chez l'homme, qu'on en vient à douter même des choses qu'on a vues de ses yeux et touchées de ses mains.

« J'ai toujours trouvé Saint Thomas bien crédule. »

Un philosophe ou un savant, Camille Flammarion, il est l'un ou l'autre au choix, a jadis sacrifié au spiritisme.

Sa philosophie un peu vague, oscille du spiritualisme au matérialisme, et l'on peut objecter beaucoup d'arguments à la philosophie scientifique qu'il cherche à fonder.

Il a donné quelques descriptions spirites, entre autres celle-ci : « Jupiter, ce géant des mondes, vogue, accompagné de *quatre satellites*, à une distance du soleil plus de cinq fois supérieure à celle de la terre, à cent quatre-vingt-douze millions cinq cent mille lieues...

Malheureusement la réponse des esprits, qui était vraie en 1893, ne l'est plus ; depuis cette date... Jupiter possède *cinq satellites*.

Donc, malgré la description que l'esprit lui en a donnée, M. Flammarion s'est trompé, et si l'esprit a oublié un satellite, devons-nous le croire lorsqu'il nous dépeint la vie sur cette planète, les colorations magiques du disque ?

Victorien Sardou a, de même, partiqué le spiritisme avec une ferveur presque religieuse. Quoique ce soit un esprit délicat et élevé, il s'est

laissé entraîner dans ses communications bien
au delà de ce qu'on pouvait attendre de lui. Toujours littéraires et poétiques, ses communications
avec les esprits supérieurs dont il n'est, dit-il :
« que l'INSTRUMENT et l'ÉCHO FIDÈLE » possèdent un
grand charme.

Son esprit favori est Bernard Palissy ; cependant il ne dédaigne pas la causette avec Mozart
sur la planète Jupiter, où se trouve déjà le célèbre
céramiste non loin de Cervantès...

« Si on ne veut pas le croire par parole, dit
Sardou, qu'on s'en explique avec les esprits.

« Qu'il (le lecteur), évoque, ajoute-t-il, Palissy
ou Mozart ou tout autre habitant de ce bienheureux séjour, qu'il l'interroge, qu'il contrôle mes
assertions par les preuves, qu'il discute enfin
avec lui, car, pour moi, je ne fais que présenter
ici ce qui m'est donné, que respecter ce qui
m'est dit ; et, par ce rôle absolument passif, je me
crois à l'abri du blâme aussi bien que de
l'éloge.

« Cette réserve faite et la confiance en l'esprit
une fois admise, si l'on accepte comme vérité la
seule doctrine vraiment belle et sage, que l'évocation des morts nous ait révélée jusqu'ici, c'est-
à-dire la migration des âmes de planète en pla-

nète, leur incarnation successive et leur progrès incessant par le travail, les habitants de Jupiter n'auront plus lieu de nous étonner. »

Pour lui, les corps sont fluidiques, de même forme que les corps humains, mais bien plus pure et bien plus belle, et la tête des esprits rayonne « comme un foyer trop ardent ; c'est bien cet éclat magnétique entrevu par les visionnaires chrétiens, et que nos peintres ont traduit par le nimbe et par l'auréole des saints. Il s'écarte donc de la théorie Kardéciste où l'esprit reste, dans sa réincarnation, enveloppé du périsprit.

Delaage enfin, s'exprime ainsi au sujet du fluide vital qui fait mouvoir les tables et que l'on observe bien plus facilement encore dans ses manifestations intimes dont nous sommes tous tributaires :

« L'âme est l'étincelle de la vie ; elle est unie au corps par un fluide extrèmement subtil qui répand dans tous les membres la vie, la force et la chaleur. Les yeux de l'âme peuvent seuls apprécier sa couleur qui est celle du feu ; son éclat peut se deviner dans le regard et le sourire animés par elle ; sa nature est en quelque sorte électrique.

« Les hiérophantes nommaient cet élément de

l'homme : esprit de lumière ; les mages : feu vivant ; les grecs : magnès ; les pythagoriciens : esprit du monde ; les latins : spiritus ; les platoniciens : médiateur plastique ; les pères de l'Eglise primitive : esprit ; les philosophes hermétiques : mercure vivant ; les magiciens du moyen âge : archée ; les francs-maçons : lumière ; les magnétiseurs : fluide magnétique. Nous, nous le nommons l'esprit de lumière et de vie.

« Ce fluide subit des modifications suivant le milieu où il se trouve ; on peut en donner une idée par l'exemple de la greffe qui fait pénétrer la sève d'un arbre dans la branche d'un autre ; de même, en communiquant à un somnambule son fluide, on lui communique en même temps son esprit.

« Les philosophes hermétiques considérant l'esprit comme source du mouvement, le nommèrent à cause de cela : mercure vivant.

« Virgile a dit dans son *Instruction des mystères de la nature :* « L'esprit anime la matière ».

« Nous donnons, en effet, le mouvement aux objets par la force de notre volonté et nous croyons que le fluide infiltré dans une table peut sous l'influence d'une volonté énergique lui donner le mouvement.

« A plus forte raison, après avoir vivifié les membres de l'homme, l'esprit générateur, ne trouvant plus d'aliment à son inquiète activité, a besoin de se manifester extérieurement et devient ce que les magiciens du moyen âge nommaient le charme.

« C'est dans la jeunesse que l'esprit se manifeste par la grâce et la vie qu'il communique au corps de l'homme.

« C'est le charme qui s'attache aux formes élégantes d'une jolie femme et qui enflamme les désirs des hommes ».

Ce qui trouble le plus souvent dans la discussion des théories spirites, ce sont ces migrations dans des mondes que nous soupçonnons à peine, ces multiples renaissances d'un être qui vit sans cesse, pendant ses nombreuses épreuves.

Il faut s'habituer à ces transformations et ne pas attribuer à notre corps charnel une importance qu'il n'a pas ; c'est un vêtement qui couvre notre âme et que nous changeons comme nos autres vêtements.

Voulez-vous une comparaison grossière : Pour nous tenir propres, nous sommes obligés de changer de chemise ; d'habits, lorsqu'ils sont sales ou déchirés ; pourquoi conserverions - nous notre corps quand il est sali, si nous voulons que notre âme soit tenue propre?

Cette idée d'une âme qui doit renaître à diverses reprises avant d'avoir atteint son but n'est pas nouvelle, nous la trouvons exprimée par les esprits les plus distingués.

Allan Kardec (Rivail) dit, en effet : « Naître, mourir, renaître et progresser sans cesse, telle est la loi ». Saint Augustin avait déjà écrit : « Je suis persuadé que ma mère reviendra me visiter (après sa mort) et me donner des conseils en me révélant ce qui nous attend dans la vie future ». Et bien avant, dans son langage symbolique, Jésus Christ avait dit : « Personne ne peut voir le royaume de Dieu, s'il ne naît à nouveau ». C'est de là qu'est venu le prénom de René; tant l'idée est générale si le fait est peu connu. Et cette idée qui nous choque parce que nous ne réfléchissons pas, semblait toute naturelle au prince des incrédules, à Arouet de Voltaire qui s'exprime ainsi à ce sujet : « La résurrection est une chose toute naturelle, il n'est pas plus étonnant de naître deux fois qu'une ».

CHAPITRE CINQUIÈME

Où l'on expose les théories matérialistes
des faits du spiritisme.

Deux catégories bien distinctes de savants vont
nous fournir la matière de ce chapitre : Ceux qui
nient les faits; ceux qui les expliquent par l'action de lois physiques. Pour plus de facilités,
nous nous abstenons de tout ordre chronologique,
plaçant indifféremment les uns avant les autres,
au gré de nos souvenirs.

Passons rapidement à l'examen des premiers.
Les manifestations spiritiques furent obtenues
pour la première fois en Amérique, en 1846, par
une famille Fox qui ignorait qu'il pût y avoir des
esprits et qui se montra très effrayée de produire
de semblables phénomènes.

Le succès des demoiselles Fox, qui étaient les
mediums, fut si grand qu'en un laps de temps

de trois ans, l'Amérique entière consulta les esprits en faisant tourner des tables. Le caractère religieux des séances ne contribua pas peu à en faire admettre les pratiques par les Américains, gens fort pratiques en affaires, mais dont toutes les actions sont guidées par le texte de la Bible.

Dès qu'on sut que les séances en question n'étaient pas contraires à la Bible, mais, au contraire, reproduisaient des phénomènes analogues à ceux que l'on trouve signalés dans ce livre admirable, on n'hésita plus à se livrer à une débauche de tables tournantes. Du reste, c'est en Amérique aujourd'hui qu'il y a le plus de fraude spiritique.

La jalousie, l'envie et la réaction, inévitables de tout mouvement, amenèrent quelques personnes à douter que les jeunes demoiselles Fox fussent passives et involontaires dans les phénomènes, et l'on se mit à crier à la supercherie.

Un comité d'investigation surveilla les expériences dirigées par le doyen de la Faculté de l'Université du Missouri; il s'entoura des preuves les plus minutieuses, avant de conclure à la réalité des faits. Notez que les expérimentatrices furent successivement étendues sur les tables à dissection, puis placées sur des tabourets de verre, puis soumises à une foule d'observations des plus attentives.

Ce n'est que quelques années plus tard, qu'un Dr Flint crut remarquer une supercherie dans les phénomènes produits par les demoiselles Fox. Ce docteur, professeur de clinique médicale à l'Université de Buffalo, attribua les bruits obtenus dans les séances aux contractions des muscles, provoquant les mouvements de l'articulation du genou. Il s'adjoignit deux autres docteurs : Coventry et Lee. Malgré l'opposition systématique de la noble faculté qui se refusa, comme c'est son habitude, à se mettre dans les conditions de production du phénomène, les coups se produisirent cependant, moins nettement qu'en dehors de toute contrainte, mais ils se firent nettement entendre.

On avait donné aux expérimentatrices les positions les plus bizarres pour les empêcher de produire les sons qui se faisaient entendre dans la table; on s'appuyait sur l'idée préconçue qu'elles trompaient les assistants sur la provenance de ces bruits et qu'ils étaient produits, non par les esprits, mais par le déplacement de l'os de la jambe dans sa coulisse.

Le féroce Dr Flint n'hésite pas à citer, à l'appui de son dire, différents cas dans lesquels les mouvements des os qui entrent dans d'autres articulations sont produits par un effort musculaire donnant naissance à des *bruits* (on voit qu'il ne s'agit même pas de *coups frappés*, qu'on parle seulement de *bruits*). On lui a cité, dit-il, une personne qui fait entendre des *coups* (et il le souligne) avec la cheville, plusieurs autres avec les jointures des orteils et des doigts, une autre dont le mouvement de l'épaule s'entend fortement; chez une autre encore, c'est celui de la jointure de la hanche... Mais de tous ces faits, le savant docteur s'inquiète peu. Vous croyez qu'il les a vérifiés? que non pas, et il ajoute : « La révélation de cette imposture ouvre un champ nouveau aux recherches physiologiques ».

Les bruits articulaires réclament, en effet, une investigation sérieuse. Si le savant docteur, au lieu d'écrire un aussi brillant mémoire, avait consacré le temps qu'il y a employé, à faire tourner ou parler une table, il se serait évité le sot compliment qu'il mérite : d'avoir dit une grosse bêtise.

Il est vrai que, dans certains cas, la construction physiologique de quelques individus leur permet d'émettre des *bruits* par la friction d'un os sur l'autre, mais ces bruits ne ressemblent en rien aux *coups frappés* qu'on peut entendre dans une table sous l'influence d'un *medium*.

Nous avons dit que le Dr Flint n'était pas seul. A l'Académie, généralement, on ne perd pas une occasion de dire une... sottise. Un physiologiste allemand, le Dr Schiff, fut exhibé en liberté à l'Académie de Paris, où il eut la bonne fortune d'obtenir un succès légitime en montrant que ce bruit des esprits frappeurs, il le pouvait reproduire frauduleusement par la contraction des muscles de la jambe. En avril 1859, Schiff donna une représentation de ses petits talents à l'Académie des Sciences. Il fut démontré, par des expériences multiples, que le tendon du muscle long péronien latéral, frappant contre sa *coulisse* ou contre la surface osseuse du péroné, peut produire des *bruits* assez forts pour être entendus à quelque distance, et que les cerveaux faibles (ajoutait l'aimable docteur) n'hésitaient pas à prendre pour la manifestation d'êtres surnaturels.

Après le docteur Schiff et afin de ne pas se trouver en reste, un chirurgien français, de grande valeur, le docteur Jobert de Lamballe, cita un cas analogue sinon semblable. Velpeau, brochant sur

le tout, n'hésita pas à ajouter que ces bruits sont
normalement produits dans certaines régions (la
hanche, l'épaule, etc.); il appuya son dire de
l'exemple d'une femme (qu'on ne soumit jamais
au moindre examen médical) laquelle, affirmait-il,
(on le crut sur parole), par certains mouvements
de cuisse, produisait des bruits qu'on entendait
d'un bout du salon à l'autre.

Le chirurgien Cloquet raconta, à ce sujet, le
fait d'une jeune fille phénomène, montrée par
son père dans les foires, et qui, grâce à un léger
déplacement de la colonne vertébrale, produisait
des craquements si forts et si réguliers que le
père exhibait son phénomène de fille comme
ayant une pendule dans le ventre.

Qu'est-ce que tous ces faits prouvent? qu'il est
possible d'entendre des bruits (même à une certaine distance), mais non de produire des coups,
et si l'Académie avait été (une fois par hasard)
juste dans ses appréciations, avant de conclure,
elle aurait expérimenté et elle se serait rendu
compte que l'on pouvait entendre des bruits réels,
produits sans aucune supercherie.

En dehors des coups frappés, on sait que, dans
le plus grand nombre de cas, le phénomène par
lequel les esprits se manifestent est le déplace-

ment et même l'enlèvement, au-dessus du sol, d'une table ou d'un objet léger, autour duquel les gens sont réunis, les mains étendues. Des expériences multiples furent tentées, par des gens autorisés, pour déterminer la part de réalité de ces phénomènes. L'un des plus assidus — et qui fut souvent assisté des savants consciencieux — fut Agénor de Gasparin. Il faut reconnaître que, dans les expériences relatées dans son livre *des Tables tournantes et du Spiritisme*, il est d'une honorabilité inattaquable, racontant les réussites comme les défections, sans parti pris et sans exagération d'aucune sorte.

Jusqu'ici nous n'avons vu que des savants — et encore nous en passons et des meilleurs — rejetant de parti pris toute possibilité des phénomènes dits spirites. Mais il existe de véritables savants qui, sans oser émettre une théorie, acceptent les FAITS VRAIS (1) et indiscutables. Ce sont là de sincères chercheurs et ils sont nombreux ; mais, comme leurs expériences *sérieuses* sont faites sans esclandre et dénuées de tout merveilleux, leur nom ne va pas à la foule, tandis que les

(1) Voir dans la même collection : *Les Phénomènes du Spiritisme*.

détracteurs du spiritisme ont beau jeu pour se faire une popularité retentissante par des plaisanteries faciles. Laissons rire ces faux savants et revenons à l'étude des théories proposées pour expliquer les faits produits.

Vers 1854, deux membres de l'Institut : Chevreul et Babinet, publièrent le fruit de leurs méditations sur le fait des tables tournantes. Ces théories très vieilles, seraient peut-être bien modifiées aujourd'hui par leurs auteurs. Quoiqu'il en soit, j'écris ici pour raconter, non pour prouver.

Chevreul donna sa *théorie* — si on peut l'appeler ainsi — dans un petit livre sur la *Baguette divinatoire* qui reproduisait ses observations de 1812 !!

« En se représentant, dit-il, plusieurs personnes assises autour d'une table, elles s'imaginent évidemment que la table a un mouvement circulaire dans un sens ou dans l'autre ; sans même s'en douter, elles agissent pour communiquer à la table le mouvement qu'elles ont dans l'esprit.

« Mais il peut ne pas y avoir de mouvement si l'une souhaite qu'elle tourne de droite à gauche, et que d'autres assistants souhaitent qu'elle tourne dans le sens inverse.

« Une seule personne peut avec un très grand
désir faire tourner une table, mais au bout
d'un long temps, et si les personnes qui expérimentent avec elle ne sont pas animées d'un désir
contraire.

« De même, l'esprit d'imitation agit en nous
involontairement et nous fait opérer le même
mouvement que notre voisin, ce qui fait que le
mouvement est plus fréquent lorsque tous
les expérimentateurs souhaitent de voir tourner
la table.

« En comparant les tables tournantes avec le
pendule et la baguette divinatoire, il faut tenir
compte de l'extrême différence qui existe entre la
baguette et le pendule agissant par l'impulsion
d'une seule personne, et la table tournante qui
se meut avec le concours de plusieurs personnes. »

« On voit que Chevreul en est réduit à attribuer
les phénomènes à l'action combinée de l'imagination et de mouvements impulsifs *inconscients*.
Babinet, qui a écrit sur tout et sur pas mal
d'autres sujets encore, va nous donner un second
exemple d'un aussi faible esprit d'examen critique en recourant aussi, mais avec moins de
netteté, avec moins d'assurance, aux mouvements

inconscients ou à des mouvements naissants.

Faraday, le grand physicien anglais, *a tombé* aussi les tables tournantes, mais avec aussi peu de valeur que les savants français, par la même théorie que les deux observateurs précédents.

Un mot, du reste, va réduire à néant ces belles hypothèses. Il est PROUVÉ (1) par des instruments matériels (dynamomètre) que les tables remuent SANS CONTACT. Donc....... il y a mal donne.

M. Morin, dans un livre très spirituel, sinon très scientifique (2), résume ainsi le résultat de ses réflexions :

« Supposez plusieurs personnes assises autour d'une table, les mains placées dans une certaine position et animées de la volonté de la faire tourner : ces expérimentateurs finissent par éprouver une surexcitation nerveuse qui communique à la table des vibrations auxquelles elle obéit. De même, elle se meut dans un sens ou dans l'autre, obéissant à la volonté qui dirige ses mouvements. Quant aux réponses qu'elle donne c'est

---

(1) Voir dans la même collection : *Les Phénomènes du Spiritisme.*

(2) *Des Esprits. Comment l'esprit vient aux tables.*

en quelque sorte la pensée des expérimentateurs qui se trouve photographiée par elle, et ils se dictent ainsi leur réponse à eux-mêmes.

« L'instinct et l'intelligence luttent sans cesse l'un contre l'autre, l'un naturel et l'autre cultivée par l'éducation. L'instinct dirige souvent plus sûrement les hommes, et si les réponses de la table les surprennent, c'est que leur instinct, étouffé par les préjugés de l'éducation, vient de se manifester en eux et leur a dicté cette réponse qui les étonne. »

Un professeur de perspective à l'Ecole des Beaux-Arts, esprit très lucide et cœur très sincère, le *père* Chevillard, comme nous l'appelions, a résumé, dans ses études expérimentales sur le *fluide nerveux et solution définitive du problème spirite,* de longues et sérieuses observations.

Pour lui, tout fait spirite est une succession de mouvements produits sur un objet inanimé par un magnétiseur inconscient. — De plus, l'idée de l'action volontaire mécanique (mouvement des tables) se transmet, par le fluide nerveux, du cerveau jusqu'à l'objet inanimé qui exécute l'action en qualité d'organe lié par le fluide à l'être voulant : que la liaison soit au contact ou à distance; mais l'être n'a pas la perception de son acte, parce qu'il ne l'exécute pas par un effort musculaire.

Ce qui peut du reste se résumer dans cette opinion : que les phénomèmes spirites ne sont que la reproduction de ce que la volonté (consciente ou inconsciente, cela importe peu) du *medium* a décidé.

Nous pouvons rapprocher de cette théorie, celle que présente le professeur Lombroso, dont la conversion au spiritisme a fait tant de bruit :

« Peu de savants, dit-il, furent plus incrédules que moi en matière de spiritisme ; ceux qui en douteraient n'ont qu'à consulter mon ouvrage : *Les Fous et les Anormaux* ou mes *Études sur l'hypnotisme* dans lesquels j'insulte presque les spiritistes.

« C'est qu'en effet, plusieurs faits de spiritisme étaient et sont encore peu croyables. Celui, par exemple, de faire parler les morts, sachant très bien que les morts, surtout après quelques années, ne sont qu'un tas de substances inorganiques ; autant prétendre faire penser ou parler des pierres.

« Une autre cause était que ces expériences se faisaient dans l'obscurité. Aucun physiologue ne peut admettre des phénomènes qu'on ne puisse pas bien voir, surtout des phénomènes si discutables.

« Mais, après avoir vu repousser, par des savants, des faits comme celui de la transmission de la pensée, du transfert des sens qui, quoique très rares, n'en sont pas moins très réels et que j'avais constatés *de visu*, j'ai commencé à croire que mon scepticisme pour les phénomènes spiritiques étaient de même nature que ceux des autres savants pour les phénomènes hypnotiques.

« Sur ces entrefaites, il me fut offert d'étudier des phénomènes chez un medium certainement extraordinaire, la Eusapia; j'acceptai avec empressement, d'autant plus que je pouvais l'étudier avec d'autres aliénistes distingués, tels que Tamburini, Virgilio Bianchi, Vizioli, qui étaient aussi sceptiques que moi dans cette matière, et qui pourraient m'aider à contrôler les observations.

« Nous avons pris les plus grandes précautions possibles, nous avons examiné cette femme avec la méthode de psychiatrie moderne, et nous lui avons trouvé l'obtusité tactile, des troubles hystériques, peut-être même épileptiques et de profondes cicatrices à l'os pariétal

gauche. Nous lui avons lié un pied et une
main avec un pied et une main des nôtres;
Tamburini et moi nous avons commencé et ter-
miné les expériences avec la lampe allumée.
De temps en temps, l'un de nous allumait aussi
une allumette pour empêcher des tromperies
quelconques.

« Les faits observés furent très étranges. »

Et il ajoute :

« Beaucoup d'autres faits ne sont que la transmission réciproque de la pensée entre personnes
près du medium; la table peut favoriser ces
transmissions, une faible distance étant favorable.

« Les phénomèmes spirites se sont pour la plupart produits sur les assistants les plus près du
medium.

« Quand une table donne une réponse exacte,
quand elle dit, par exemple, l'âge de quelqu'un ou un vers dans un langage que le
medium ne connaît pas, ce qui émerveille les
assistants, c'est qu'une des personnes présentes
sait ce certain nom, ce certain vers, et transmet
sa pensée au medium, lequel l'exprime ensuite
avec ses mouvements et quelquefois la réfléchit
dans l'une des personnes présentes. C'est qu'en

effet, dès que la pensée est un **mouvement**, non-seulement elle se transmet, **mais aussi** elle se réfléchit, et j'ai observé des cas d'hypnotisme dans lesquels une certaine pensée, non-seulement se transmettait, mais se réfléchissait sur une troisième personne qui n'était ni l'acteur ni le sujet et n'avait pas été hypnotisée, comme du reste cela arrive pour la lumière et les ondes sonores.

« Si dans la société spiritique, assemblée autour d'une table magique, il n'y a personne qui connaisse le latin, la table ne parle plus en latin ; mais le public, qui ne fait pas cette critique, croit que le medium parle le latin par l'inspiration des esprits comme il se figure qu'il converse avec un mort.

« Ainsi on explique le cas arrivé à M. Hirsch et au docteur Barth qui virent leurs parents morts et entendirent leurs voix. La pensée de la femme et du père de ces messieurs se transmet au medium et par lui à eux, car la pensée acquiert pour quelques hommes la forme d'image, image qui disparaît pour les autres à cause de la rapidité avec laquelle les idées s'assemblent. Ainsi, ces messieurs virent l'image de leurs parents dont ils avaient la pensée et le souvenir vifs et présents. »

Quant aux photographies, Lombroso en a vu plusieurs mais il attend, pour se prononcer, d'en avoir fait lui-même.

L'objection générale est : pourquoi ce medium peut-il tout et non les autres ? Le soupçon de tromperie constitue l'explication la plus simple, le doute disparaît aux yeux du psychiâtre qui a étudié hystériques et simulateurs ; d'ailleurs, les faits qui sont bien ordinaires sont toujours les mêmes et ceux qui voudraient tromper inventeraient des faits plus amusants.

Les mediums sont très rares et les charlatans nombreux ; mais les phénomènes seraient moins fréquents si la tromperie était toujours la cause de production des phénomènes. On doit donc les attribuer aux conditions pathologiques du medium.

« Eusapia présente des anomalies cérébrales très graves desquelles, très probablement, dérivent l'interruption des fonctions de certains centres cérébraux, tandis qu'augmente l'activité d'autres centres dans l'espèce des centres moteurs.

« Celle-ci est la cause de ces singuliers phénomènes médianiques. »

Ces phénomènes arrivent même chez des personnes normales dans un état de passion profonde, chez les mourants qui pensent à la personne chère avec toute l'énergie de l'état préagonique.

La pensée se transmettant sous forme d'image, on a l'apparition des fantômes qu'on désigne aujourd'hui sous le nom d'hallucination télépathique. : phénomène très rare qui se présente chez des individus peu intelligents en dehors de tout accès.

Il est probable que, dans des temps très anciens, où le langage était à l'état embryonnaire, la transmission de la pensée arrivait plus souvent et que plus fréquents étaient les phénomènes médianiques qu'on connaissait alors sous les noms de magie et prophétie. Mais avec la civilisation, avec l'écriture, avec un langage perfectionné (la voie directe, celle de la transmission de la pensée étant devenue inutile, incommode, en trahissant les secrets) avec l'importance décroissante des formes névropathiques — qu'on comprit être pathologiques et non divines — diminuèrent et disparurent les prophéties, les magies, le fakirisme, les fantômes et ce qu'on appelle les miracles qui étaient presque tous des phénomèmes réels mais médianimiques.

Toutes ces manifestations n'eurent plus lieu

qu'en des cas très rares parmi les peuples civili-
sés, tandis qu'ils existent encore sur une vaste
échelle parmi les peuples sauvages et « chez les
névropathes » (êtres nerveux).

En résumé, les théories exposées par Morin,
Chevillard et Lombroso rapportent à des phénomènes de volonté pure les faits observés.
Or, nous pouvons affirmer que si ces savants
ont exprimé cette opinion, cela vient de leur
connaissance incomplète des FAITS VRAIS que
nous rapporterons dans le deuxième volume
de cet ouvrage, et qui restent inexplicables
par ces hypothèses. Donc, elles sont insoute-
nables puisqu'elles ne rendent pas compte de
TOUS *les faits.*

Nous allons terminer ce chapitre, très long,
mais indispensable à lire pour la libre discussion
des faits, par l'exposé rapide de l'opinion de
quelques hommes *très consciencieux, très savants* et dont l'opinion est pour les esprits
sensés de la plus haute valeur. La société dialectique de Londres, sur la pression de la popula-
tion anglaise, fut chargée d'examiner les faits.
John Lubbock, son président et ses membres ho-
norables (tous savants reconnus) reçurent l'ordre
de présenter un rapport circonstancié sur le sujet.

Or, cette respectable commission, qui fonctionnait malgré elle, consigna, contrairement à l'idée générale, les conclusions suivantes dans son rapport remarquablement documenté. « Dans certaines circonstances et dans certaines dispositions de corps et d'esprit où se trouvent une ou plusieurs personnes, il se produit une *force* suffisante pour mettre en mouvement des objets pesants, sans EMPLOI D'AUCUN EFFORT MUSCULAIRE, SANS CONTACT. — Cette *force* peut rendre des sons. — Cette *force* est FRÉQUEMMENT DIRIGÉE AVEC INTELLIGENCE ». Or, les preuves de cette nature sont signées des noms de Morgan, président de la société de mathématiques de Londres, de Varley, ingénieur en chef des compagnies de télégraphe, de Lubbock, de Wallace, les naturalistes les plus distingués d'Angleterre, etc.

Ces conclusions étaient tellement inattendues qu'elles donnèrent lieu aux discussions les plus ardentes, aux polémiques les plus violentes. Pour faire cesser un tel état de choses, le *Times* proposa le seul moyen sage de trancher le différend, en déclarant que l'un des membres les plus illustres de la société Royale (analogue à notre Institut), tel que William Crookes, par exemple, devant l'autorité duquel tout le monde s'inclinait, pouvait seul être l'arbitre dans ces opinions si opposées.

L'Anglais, être pratique par excellence, accepta cet arbitrage et la trêve se conclut entre les deux camps jusqu'au jour où Crookes (1) publia le résultat de ses mémorables expériences et ses conclusions encore plus stupéfiantes que celles du rapport de la société dialectique.

Nous n'avons qu'à envisager ici la théorie. Or, Crookes est très sobre d'hypothèses à ce sujet, il parle bien des faits, mais non de la cause (2). Il convient cependant des points suivants :

« J'ai remarqué, dit-il, depuis le commence-
« ment de mes recherches, que la puissance qui
« produit ces sons n'est point certainement une
« force aveugle, mais qu'elle est associée ou plutôt

---

(1) Ce savant a consacré quatre années de son existence à l'étude de ces faits. A vingt ans, il publiait des mémoires sur la lumière polarisée qui attirèrent l'attention sur lui, il étudiait le spectro solaire, la mesure de l'intensité de la lumière, il créait un photomètre remarquable, etc. Il se fit admirer comme astronome chimiste, mathématicien, etc... (il vit encore).

(2) Il a merveilleusement établi, sur des preuves *matérielles*, la matérialité des faits résultant d'une *force* qu'après lui on a nommée *force psychique*.

« gouvernée par l'intelligence : en effet, les sons,
« dont je viens de parler, ont été répétés un cer-
« tain nombre de fois déterminé, ils sont de-
« venus forts ou faibles, le tout produit dans
« différents endroits, selon les demandes qui en
« ont été faites et au moyen de certains signes
« définis au préalable ; des messages, des ques-
« tions, des réponses ont été données avec plus
« ou moins d'exactitude... L'intelligence gouver-
« nant ces phénomènes est fréquemment en op-
« position avec les désirs des *médiums* quand une
« détermination a été exprimée de faire quelque
« chose qui ne peut être considéré comme rai-
« sonnable. J'ai vu plusieurs messages donnés
« pour que ces choses ne fussent point faites.
« *Cette intelligence prend quelquefois un ca-*
« *ractère tel qu'il est impossible de ne pas voir*
« *qu'elle ne pourrait émaner d'aucune des per-*
« *sonnes présentes.* »

Toutefois, on peut remarquer que, dans ses premières expériences, ce savant est très réservé ; il
dit bien qu'il a observé des cas où les phénomènes sont conduits par une intelligence exté-
rieure, sans la participation du *médium*, ce n'est
que dans la seconde partie de ses travaux qu'il
parle des *formes d'esprits* et d'esprits. Il y a

donc dans les faits une partie *prouvée* par les expériences des savants dont nous venons de parler (et que nous exposons dans le deuxième volume); et, en outre, par les travaux remarquables du professeur Bouttlerow, de l'Université de Saint-Pétersbourg ; d'Askakoff, savant russe estimé; de Zölner, directeur de l'Observatoire de Prague; de Wallace, en Angleterre; des professeurs Mapes et Robert Hare, aux États-Unis, etc., etc.

Néanmoins, nous devons remarquer que ces savants n'ont pas osé s'aventurer sur le terrain des explications et que, s'ils sont prolixes quant aux *faits*, ils restent muets ou vagues quant aux *causes*.

En France, où nous sommes plus incrédules, d'un esprit moins nébuleux, plus sceptique, le spiritisme a été peu étudié; on n'est pas sorti des petites chapelles spirites qui n'ont aucune autorité aux yeux du public. Un des plus sympathiques savants contemporains a seul osé braver les railleries et le discrédit qui s'attachent dans notre spirituelle nation à ceux qui cherchent la vérité.

Il faut dire, pour la justification des railleurs, qu'ils ont été servis par des jongleries et des

fraudes qui n'ont pu passer longtemps inaper-
çues dans un pays où l'esprit est aussi lucide.

Les frères Davenport ont reculé de trente ans
l'étude sérieuse du spiritisme, et la photogra-
phie spirite de Buguet lui a porté le dernier
coup (1).

Cependant, le docteur Gibier, ancien interne
des hôpitaux, aide-naturaliste au Museum a
donné, dans deux volumes curieux, *Fakirisme
occidental*, *Analyse des choses*, des faits remarquablement étudiés et à l'abri de toute supercherie.

Malgré cette sagesse..., il en a PERDU SA
SITUATION OFFICIELLE.

Quant au sympathique docteur Richet, le suc-
cesseur de Broca à la Faculté, ses travaux antérieurs l'ont trop fortement établi pour qu'on
puisse le saper entièrement, bien qu'on y tâche;
sa conscience scientifique est trop solidement

---

(1) Les frères Davenport étaient des *acrobates* qui se
faisaient ficeler, puis enfermer dans une armoire où ils
prétendaient que les esprits venaient les délivrer. Cette
fraude les mena devant le commissaire de police, car
nous ne sommes pas tolérants en France. Quant à Buguet, il prétendait photographier les âmes des ancêtres
et donnait moyennant finance à ses clients leur por-
trait et, à côté d'eux, l'image plus ou moins vague d'une
poupée qui représentait l'âme de l'ancêtre : il fut rapidement traduit en correctionnelle et condamné.

prouvée pour qu'on ose le tourner en ridicule.
C'est un des savants *avancés*. Il s'est occupé
consciencieusement de la question et, bien qu'il
n'ait jamais formulé dogmatiquement ses opinions, on sait qu'il n'est en rien opposé aux *faits*
spirites les plus merveilleux.

Enfin, il n'a jamais *voulu* dépasser les phénomènes produits par les *mediums officiels* et, s'il
s'est montré peu ardent dans les expériences
faites, c'est qu'il n'a vu là que les phénomènes
les moins curieux, les plus simples d'un *medium*
assez mal doué, malgré la réclame intense que la
presse lui d'faite

CHAPITRE SIXIÈME

Qui fait réapparaître les doctrines des anciens nécromants ou nigromants et poursuit la théorie jusqu'au rénovateur du spiritisme, Allan Kardec.

Revenons en arrière et voyons les principales idées qui ont eu cours depuis l'antiquité jusqu'à la révélation d'Allan Kardec, au sujet de la communication des vivants avec les âmes.

La nécromancie (du Grec *nécros* mort, *manteia* divination) était, chez les anciens, le secret d'évoquer les morts pour en apprendre l'avenir ou pour connaître les choses cachées.

On peut aussi bien croire que, l'esprit des premiers hommes, soumis aux deux plus puissantes suggestions de la passion : l'amour et la peur ont créé les premiers phénomènes de nécromancie ou qu'ils ont réellement communiqué d'instinct avec les morts.

En effet, sous le coup de la douleur ressentie à la mort d'un être chéri, l'imagination exaltée se représente la personne perdue avec une telle vivacité que l'on peut être amené à croire l'apercevoir ou l'entendre. Le remords peut produire des excitations analogues qui rentrent du reste dans un ordre d'études spéciales que les médecins ont classées sous le nom d'*hallucination*.

Comme nous aurons souvent l'occasion d'y revenir, définissons nettement l'hallucination :

Théoriquement, l'hallucination est un trouble cérébral particulier en vertu duquel le cerveau, sans avoir reçu aucune impression des sens, se trouve dans l'état d'activité où l'aurait mis physiologiquement la perception vraie d'une impression sensorielle.

Il ne faut pas confondre l'hallucination avec l'illusion qui, lorsque notre esprit est préoccupé, nous fait croire, par exemple, que nous avons vu une lumière à une fenêtre alors qu'il n'en est rien, ni avec les sensations dites subjectives, telles que les impressions lumineuses ou les bourdonnements d'oreilles provenant de ce que « nous avons le sang à la tête ».

Les autres illusions sensorielles sont caractérisées par des *bruits*, par des lueurs suivant le nerf qui est en jeu ; l'hallucination pour les mêmes nerfs est spécialisée par des *sons articulés* ou des *airs*, ou par des *images*.

C'est donc contre l'hallucination qu'il faudra vous entourer d'un arsenal de preuves, pour savoir si vous n'êtes pas le jouet de votre cerveau ; dans ce cas, le meilleur est de recourir aux preuves matérielles : lorsque vous trouverez dans votre phonographe le tracé d'un son articulé ou sur votre plaque sensible l'image d'un être, vous serez en droit d'affirmer aux savants — de par la science même — que vous avez réellement *vu*, réellement *entendu* les phénomènes signalés.

Mais pourquoi crier tout de suite à l'hallucination pour les cas de nécromancie que nous trouvons cités chez les anciens ?

Croyez-vous qu'ils aimaient moins leurs parents que nous ! bien loin de là.

Pensez-vous qu'ils étaient plus ignorants que nous ? détrompez-vous, leurs philosophes avaient reçu l'initiation dans les sanctuaires d'Egypte.

Et quand même, ne croyez-vous pas que l'esprit, suscité par l'action de l'amour, ne puisse extérioriser un fluide suffisant pour que celui de l'esprit, violemment tendu vers le même but, s'allie à lui pour se manifester sous des formes apparentes !

Quoi qu'il en soit, exposons d'abord une revue rapide de la nécromancie.

La nécromancie fut pratiquée par les Hébreux, car Moïse leur défend expressément de s'y adonner, et Saül, voulant consulter l'âme de Samuel, eut recours à l'art de la pythonisse d'Endor.

Chez les Grecs, la nécromancie était aussi fort en honneur. On se rappelle que, dans l'Odyssée, Ulysse invoque l'âme du divin Tirésias ; les prêtres de tous les cultes ont également exercé la nécromancie.

A Rome, l'esprit romain (assez semblable à celui des Anglais de nos jours) se prêtait merveilleusement aux cérémonies de l'évocation des mânes de leurs ancêtres. Lucain dans sa *Pharsale* nous en a conservé une description remarquable.

Du reste, on peut remarquer que la création des dieux de la Grèce prêtait puissamment aux croyances nécromantiques. Ces dieux légers et bons enfants, dont les défauts (tout humains) les

faisaient aimer au moins autant que leurs qualités. Ces dieux, bulle de savon, si l'on peut dire,
se montrent dans l'Illiade — le chant national —
à chaque instant auprès des héros ; ils expliquent,
commentent les obscurités de leur culte, sou-
tiennent les chancelants, récompensent le zèle et
punissent la faiblesse des mortels.

Dans la Bible, nous retrouvons le même principe : Dieu se manifeste à tous moments à son
peuple de prédilection et pas aux autres pour
les cas les plus futiles de leur existence.

Les prophètes aussi entretiennent avec la
Divinité un commerce des plus suivis et trans-
mettent ses ordres à ses fidèles.

Les pythonisses et les pythies qui continuèrent
à communiquer pendant longtemps les oracles
divins, étaient dans le même cas.

On a voulu voir dans un passage de Tertullien,
dans son *Apologitique*, l'origine des tables tournantes.

« Si les magiciens, dit-il, sont capables de faire
apparaître des fantômes, d'*évoquer les âmes
des morts*, d'obliger les enfants à rendre des
oracles, s'ils imitent un grand nombre de miracles
qui semblent provenir des cercles ou des chaînes
formés par plusieurs personnes, s'ils provoquent

des songes, s'ils ont à leurs ordres, des esprits familiers par la vertu desquels les tables qui prophétisent sont devenues communes, quel redoublement d'efforts ne feront-ils pas pour leur service, eux qui font tout pour le service des autres. »

Si, jusqu'à l'époque de Néron, nous passons par dessus les faits sans importance qui se sont produits, nous voyons que ce tyran, arbitre impartial entre Saint Pierre et Simon le magicien, estime fort les magiciens, il en fit même venir à Rome pour évoquer les mânes de sa mère Agripinne.

Il semble qu'il y ait lieu de préciser maintenant le but raisonnable de ces tentatives.

Il est une croyance innée, si l'on veut, ou tellement répandue, qu'elle se retrouve à tous les âges, dans tous les pays ; c'est la croyance à l'immortalité de l'âme.

Dans le livre des Prophètes, on voit déjà paraître cette idée qui s'affirme dans le premier livre de Samuel où une femme dit à David : « L'âme de mon maître sera enveloppée dans le faisceau de la vie auprès de Jéhova, ton Dieu, mais il frondera l'âme de tes ennemis dans le creux de la fronde ».

L'allusion aux récompenses et aux châtiments d'une vie future est assez visible. Rabbi Tanchoum dit à ce sujet « que l'opinion de tous les commentateurs est unique »; ce passage renferme un enseignement sur l'état où se trouve l'âme et sur ce qu'elle deviendra après s'être séparée du corps. On distingue deux états différents : « il y a des âmes qui occupent une position élevée et une place fixe près du maître, qui vivent éternellement sans plus mourir, sans être anéanties; il en est d'autres qui sont le jouet des flots de la nature, qui ne peuvent se fixer, se reposer ».

Dans l'Ecclésiaste nous lisons en outre : « Lorsque l'homme va à la maison de l'Eternité, la poussière retourne à la terre telle qu'elle était, mais l'esprit retourne vers Dieu qui l'a donné ». On retrouve la doctrine de l'immortalité de l'âme chez tous les peuples de l'antiquité sous la forme de dogme religieux, n'ayant d'autres bases que la tradition et la croyance.

L'histoire en main, on peut remonter le cours des âges et retrouver chez tous les peuples la croyance à des êtres invisibles, vivant auprès de notre triste humanité et exerçant sur elle une

influence heureuse ou non, mais considérable en
tous cas.

Les Indous, les Egyptiens avaient réuni l'idée
de la transmigration des âmes, sous la forme
symbolique de la métempsychose ; de plus, les
premiers avaient un culte intime pour leur *Pitris* ;
la Perse croyait aux fées et aux génies, les Romains, à la protection de leurs dieux lares, les
Grecs, aux mânes ou génies des ancêtres, de
même que la religion chrétienne a cru aux anges
et aux démons.

Ce fait de retrouver une filiation simple dans
toutes les croyances des anciens peuples, dérive
de ce que la civilisation est sortie d'un pays qui a
donné successivement à tous les autres ses connaissances philosophiques, sinon les préceptes
de sa religion.

L'unité de religion éclate d'elle-même au
moindre examen. Un exemple entre mille : 4,800
ans avant la venue du Christ de Judée, la religion
de l'Inde (mère des peuples) avait eu son Grichna
(noir) *issu d'une vierge*, échappé au massacre
des enfants innocents — ancêtre frappant du
Christ dont il reproduit, 5 siècles avant, les
mêmes épreuves et dont la morale est la même
que celle que Jésus prêchera.

En outre, le Crichna s'étant transfiguré devant ses adeptes, reçut le nom de Jeseous ou Jesous (issu de pure essence divine).

Or, entre Jesous Crichna et Jésus Christ, la parenté semble bien établie, d'autant plus que les ignorants Egyptiens ayant reçu ces traditions en même temps que les connaissances astronomiques de l'Inde inscrivirent, sans comprendre le sens symbolique de ces révélations, sur le cercle de leur Zodiaque, la Vierge, signe équinoxial du printemps, entre le Bélier et les Poissons, d'où il résulte que le 25 décembre, à minuit, la Vierge (constellation) montant à l'horizon (lever héliaque) et présageant une nouvelle révolution solaire, est le moment fixé pour le commencement du christianisme. Au 15 août, au contraire, la Vierge se réunit au Soleil, son fils, et enfin, en septembre, la Vierge sort des rayons du Soleil.

Donc, la connexion entre la Vierge du Zodiaque et la Vierge de Bethléem est trop visible pour pouvoir être niée; on pourrait continuer les rapprochements, en rappelant que le 25 décembre, qui devait voir la naissance du Christ, était le jour consacré à la célébration de la naissance de la divinité révérée Mithra.

Les anciens donnaient à l'âme une interprétation beaucoup plus matérielle que nous ne le faisons. Bien qu'il n'y eut qu'une âme, elle comprenait une âme végétative, une âme instinctive et une âme intellectuelle — qui est l'âme que nous concevons aujourd'hui.

Du reste, toutes les religions sont d'accord pour reconnaître que les hommes, selon leurs mérites, continuent à vivre personnellement d'une vie immatérielle, tandis que leur corps subit les transformations inhérentes à la matière et que, dans cette nouvelle existence, Dieu leur donne la récompense ou la punition qu'ils ont méritée.

Mais l'habitude de voir sur la terre, le corps lié à l'âme, fit que ceux qui voulurent matérialiser cette conception dotèrent les âmes des apparences fantômatiques de leur corps humain et furent amenés à organiser les lieux de récompense ou de peine suivant les idées de jouissances ou de douleurs organiques, bien que les âmes n'aient jamais eu d'organes.

Nous voyons dans Virgile que les âmes des morts devaient errer pendant mille ans avant d'être reçues aux Champs-Elysées. C'est pourquoi les poètes nous montrent souvent les mortels en fréquente communication avec les morts; en effet, les âmes de ceux-ci errant dans tout le monde invisible, qui enveloppe le monde visible, le résultat de la communauté de milieu favorisait les communications. De plus, les héros, les hommes vénérés chez les païens, étaient fils de dieux, demi-dieux; ils tenaient toujours au monde invisible par des liens nombreux.

Dans la religion chrétienne, le système des récompenses et des punitions qui nous seront infligées suivant nos mérites, est absolu : l'Enfer, le Purgatoire, le Paradis sont fermés aux relations de la Terre, les âmes qui sont parties sont parties pour toujours et ne communiquent plus avec les âmes de la Terre, sauf dans des cas extrêmement rares et avec la permission spéciale de Dieu.

Quand un être aimé nous abandonne et retourne vers Dieu, c'est sans retour, nous ne le verrons plus; nous n'aurons plus, sur terre, rien de commun avec lui.

D'après la doctrine chrétienne, si des bienheureux se communiquent parfois, c'est par la seule permission divine. On ne peut donc correspondre, avec ceux qui ne sont plus, que par l'évocation, par la prière. Si on a recours à des conjurations ou aux pratiques de la nécromancie,

qui est proscrite par tous les règlements de
l'Eglise (1), on est hors l'Eglise.

Les poètes grecs, au contraire, sont fournis
d'exemples de communication avec les âmes des
morts : dans l'Odyssée, l'ombre de Tyrésias est évoquée par Ulysse ; Orphée descend aux Enfers ; de
plus, la nécromancie faisait partie des rites en
usage.

Les latins, après avoir évoqué les morts par
la prière et les offrandes (holocaustes, sacrifices), élargirent ces pratiques qui ne tardèrent
pas à dégénérer en coutumes épouvantables.

Or, toutes ces croyances dérivent de l'idée première de l'immortalité de l'âme : elle était si bien
enracinée que, chez les hommes du moyen âge,
nous voyons les chrétiens qui reviennent
aux pratiques de la nécromancie (malgré les
interdictions de Moïse et les enseignements de
l'Eglise).

Nous trouvons, à cette époque, le nécromant
interrogeant la terre pour en faire sortir les morts,
en même temps que l'astrologue consulte le ciel ;
la nécromancie évoque les âmes comme la Kab-

_____

(1) Sous Constantin, ceux qui se livraient à la nécromancie encouraient la peine capitale ; on les brûla ensuite.

bale évoque les anges, et comme la sorcellerie évoque le diable.

Suivant Lucain, le nécromant employait dans des rites magiques un os de la personne morte. Les rabbins pratiquaient de même : eux, choisissaient le crâne comme ayant renfermé l'âme; ils lui offraient de l'encens et l'évoquaient par la prière jusqu'à ce que l'âme du mort ou un démon eût apparu.

Partant de cette opinion que l'âme, dégagée de sa partie matérielle (le corps), possède des attributs immortels et qu'elle a l'intuition de l'avenir par la connaissance du passé, le nécromant évoquait les morts pour savoir si ses parents, ses amis, étaient heureux, et pour connaître les détails de sa vie future, de sa mort, etc.

Du reste, on cite des exemples où les morts sont revenus seuls sans être évoqués, quand ils avaient promis, de leur vivant, de revenir. On raconte que le spectre de Marsile Ficin, traducteur de Platon, se rendit, sur un cheval, chez son ami Michaël Mercato pour lui révéler les secrets qu'il lui avait promis. D'autres exemples assez nombreux, sont rapportés et, de nos jours, lorsque Delaage fut mort, son âme se communiqua à un de ses amis, en Suisse, ainsi qu'il s'y était engagé.

Dans certains pays, on tenait école de nécromancie (Tolède, Séville, Salamanque, etc.).

Il était naturel que l'homme demandât aux
dieux de le protéger, de le défendre, et par suite,
lorsque ses vœux n'étaient pas exaucés, qu'il im-
plorât les ennemis des dieux.

Dieu, dit l'Écriture, avant de créer l'homme,
fit les anges, êtres purs, esprits pleins de lumière;
l'un d'eux, par orgueil, se révolta et fut précipité
du haut du ciel par Saint-Michel. C'était Satan,
presqu'égal à Dieu en puissance, qui emmenait
avec lui tous les anges rebelles.

Cette croyance à des êtres intermédiaires est
commune à toutes les religions. Avec les Grecs,
les demi-dieux peuplaient la terre; les faunes, les
nymphes, les esprits des eaux, des bois, des
sources, etc., ont eu leur culte et leurs fervents.

Jupiter, Vulcain prenaient, à leur volonté, la
forme humaine; les dieux étaient bien humains.
Jupiter abusait du droit de vasselage et Junon
s'en montrait fort irritée; Vénus... ça n'a jamais
changé. Dans la Bible, les anges apparaissent
comme de jeunes hommes resplendissants ou
non. Dans les religions de l'Inde, il n'est question
que d'esprits, d'évocations, d'anges; les légendes
du Nord en sont également remplies.

Une si constante persévérance à croire aux êtres intermédiaires laisse une forte présomption qu'ils existent réellement.

Malgré les exorcismes, malgré les bûchers qui ont dévoré plus de cinquante mille malheureux malades (les sorciers sont presque toujours des hystéro-épileptiques), les évocations se succédèrent pendant plusieurs siècles et des croyants sincères payèrent, de leur vie, leur foi au démon.

La persécution a fait de nouveaux martyrs : le culte de Lucifer a gagné la France, l'Angleterre et l'Espagne; puis, s'épuisant sous son propre effort et devant une tolérance religieuse éclairée, le diable a fui au grand jour de l'instruction. On ne croit plus au diable : il ne fait même plus peur à nos petits enfants.

Par contre, un mouvement se dessine : les prêtres catholiques adoucissent la religion. On ne parle plus guère de l'Enfer, on fait des béatifications, on parle beaucoup des anges et des félicités du Paradis. Ce n'est plus le Dieu sanglant des Juifs, le Dieu qui se venge jusqu'à la sixième génération, le dieu cruel, c'est un Dieu doux et tendre qui prêche la paix, la concorde et l'amour. On ne croit plus au diable... Satan, dont la puissance a contrebalancé longtemps celle de Dieu, est tombé dans le plus profond discrédit.

Or, le nouveau courant, puissamment spiritualiste, doit s'appuyer, dans notre siècle de positivisme, sur quelque chose de matériel et dût-on faire apparaître Dieu lui-même, il faut convaincre les incrédules que le bonheur et la paix ne pourront revenir dans l'humanité que lorsque nous aurons franchi le stade grossier dans lequel nous croupissons actuellement ; alors que la vie matérielle retourne en arrière et nous ramène aux luttes bestiales des premiers âges, l'esprit se sublime et cherche des jouissances dans les développements d'un art raffiné ; tandis que l'égoïsme civilisé est créé par nos instincts développés, par l'instruction déplorable qu'on nous donne, notre âme, affamée d'idéal, retourne à grands coups d'aile vers sa patrie bleue, et, dût-elle briser la loque qui l'enveloppe, s'élance et vibre dans les cœurs de toute la force de l'amour, car la régénération est prochaine.

CHAPITRE SEPTIÈME

Où l'on voit l'exposé rapide de l'état actuel du spiritisme.

On peut maintenant se rendre compte que les spirites — autrement dit les gens qui s'occupent de spiritisme — se divisent en deux groupes bien distincts :

A. Les esprits imaginatifs, intuitifs, qui se sont trouvés naturellement portés vers les conceptions philosophiques et ont admis, sans restriction, le système simple et consolant d'Allan Kardec.

B. Les esprits positifs, déductifs, qui se sont au contraire tenus *aux faits* sans les dépasser, qui les ont tournés en tous sens, qui les ont soumis aux méthodes les plus variées, qui les ont répétés mille fois et ont visé bien plutôt à *prouver* qu'à formuler une théorie.

Or, à quelque point de vue que l'on se place,

les faits spirites modifient profondément les idées générales du siècle (éminemment positif) qui se sent ramené vers les études spéculatives et qui, après être parti de l'âme, est descendu à la matière, et, par une marche contraire, retourne aux principes spirituels.

Le libre examen a créé le matérialisme, ou mieux, le doute scientifique, c'est-à-dire la foi au premier degré (le doute), car le doute est encore de la foi, il n'y a que la négation qui ne puisse être de la foi. Or, aucun système ne pourra jamais s'étayer sur la négation, car, dès la première proposition, il se nierait lui-même. Ce même libre examen, après les théories décevantes du matérialisme, impuissantes à rendre compte des *faits prouvés* du spiritisme, entre autres, nous ramène au spiritualisme.

Le savant actuel, dont l'esprit, monstrueusement formé, s'est développé outre mesure à la preuve expérimentale, s'est fermé à la discussion métaphysique, pontifie dans sa chaire; il ne parle que de réalités, que de choses matérielles, la relation des *forces*, les phénomènes de la vie (en tant que résultats). Pour lui, la religion est lettre morte et la philosophie quantité négligeable... ça ne se dissèque pas.

Or, le savant étant connu (surtout pour quelques-uns, par le tam-tam qu'il fait autour de son nom, à l'instar des gourgandines de théâtres) entraîne la foule incapable de discussion et d'autant plus facile à convaincre que les théories matérialistes font appel aux instincts, au ventre, à la partie animale qui est la plus développée dans la masse.

L'homme est composé de trois parties distinctes, de trois centres spéciaux : une tête — un cœur — un ventre, correspondant au perisprit, à l'âme, au corps. Comme le dernier terme seul est capable de donner les satisfactions instinctives, matérielles, à la portée des masses, on se rend compte du succès des théories matérialistes qui ne dépassent pas la ceinture. Mais, on saisit par contre, le crime de ceux qui, intelligents et savants, ont propagé un tel mouvement, car ils ont développé le ventre dans la masse, mal dirigé la tête et annihilé le cœur.

Or, quelque bizarre que puisse paraître cette théorie, j'affirme que la nation (pour ne prendre qu'un terme de l'agglomération humaine) ne sera bien dirigée que lorsque les pouvoirs hiérarchisés seront tenus par des hommes d'élite, qui professeront le spiritualisme.

En effet, telle nourriture convient à l'estomac
fait d'un homme de trente ans qui amène la mort
d'un enfant ; de même, telle théorie féconde ou
neutre sur un esprit ferme, dont la raison a tracé
le devoir, entraîne une intelligence faible dans
les excès les plus graves, pour l'individu comme
pour la collectivité.

Car, il faut bien admettre ce principe que l'individu qui se nuit à soi-même nuit à la collectivité. L'homme qui s'émascule n'a pas porté préjudice à lui seul ; sa famille, sa nation, l'humanité tout entière en porte la peine.

Il faut bien partir de ce principe que l'homme
ne s'appartient pas, qu'il n'est pas une entité,
mais qu'il est une partie d'un tout qu'il doit respecter. C'est simplement ceci qu'on appelle le
devoir.

Mais tous ces principes sont encore trop verts,
ils ne sont pas mûrs pour ma génération, il lui
faut des aliments plus élémentaires. Nous les
trouvons dans les théories spirites.

C'est aux expériences de spiritisme, qui im-
posent la conviction par des preuves matérielles,
d'ouvrir la voie au développement spirituel. C'est
une arme ; à nous d'en user. Les sceptiques
rient .. laissons-les rire. Mais, quand vous aurez

entraîné, au lieu des soixante ou cent millions de spirites que l'on peut compter, plusieurs milliards de spiritualistes dans la voie de l'amélioration successive, votre œuvre sera belle !

Aveugles, vous améliorez vos races de poulets, et vous ne croyez pas pouvoir améliorer la partie la plus éminemment perfectible de vous-même... celle qui fait aimer.

Car, c'est par l'amour que l'homme actuel se régénérera. En admettant, dans son acception la plus large, la théorie de l'évolution, en faisant sortir l'homme actuel du caillou, ou même du protoplasma, ou même encore de la première forme animale (amibe), quelle route n'a-t-il pas accomplie !...

C'est donc que son but est tracé ; il marche vers l'amélioration et, tandis qu'il progresse, toutes ses parties progressent. Son corps s'est d'abord élevé de la forme la plus élémentaire à la forme la plus harmonieuse — l'esthétique la plus pure n'a pu créer de forme plus parfaite, de contours plus heureux que celui du corps humain — dans l'état actuel, car peut-être cette forme progressera en même temps que l'esprit. Son périsprit, son cerveau, son intelligence, qui vient ensuite dans l'ordre d'immatérialité, s'est également développé : apparaissant avec les races inférieures, il a pris une puissance considérable, depuis les vertébrés jusqu'aux races les plus parfaites de l'échelle animale ; il s'épanouit incontestablement dans l'homme, mais n'est pas arrivé à se sublimer suffisamment ; sans pouvoir le prouver, on sent qu'il s'améliorera encore.

Voilà donc deux des termes qui constituent l'homme, qui successivement ont gagné en pureté, en puissance... et le troisième terme ne serait pas contraint de se développer ?

Soyons logiques.

Pour le corps, son but, la nutrition (satisfaction des instincts) correspond aux Faits.

Pour la tête, son but, l'intelligence (satisfaction des facultés) correspond aux Lois.

Pour le cœur, son but, l'amour (satisfaction du principe d'être) correspond aux Principes.

Le spiritisme est une forme de l'amour, c'est un acheminement, un outil pour arriver à la perception de l'âme. Devant les faits probants de l'instinct, toutes les parties de l'individu concourent à la croyance, le doute s'évanouit, car, lorsque des faits seront produits *pour tous et par tous*, la discussion sera close, la polé-

mique éteinte sous l'action de la preuve matérielle.

Or, qu'est-ce que les faits de spiritisme, sinon
la révélation même de l'existence de l'AME, qui
proclame par tous les moyens, à tous nos sens
matériels, son immortalité. Quelle philosophie
douce et sereine que celle qui vous donne la force
de supporter les iniquités de ceux qui vous entourent, qui vous permet de les considérer
comme des êtres incomplètement formés, retar-
dant *eux-mêmes* l'époque de la récompense et
qui seront *eux-mêmes* punis de leurs fautes,
obligés qu'ils seront de les racheter par un nouveau passage au milieu de toutes les misères de
la vie humaine.

Dans ces conditions, nos morts, qu'une éducation incomplète nousfait regretter alors qu'ils
ont fini de souffrir et qu'ils reçoivent la récompense de leur vie terrestre, revivent et s'appro-
chent de la lumière.

Les principes nouveaux expliquent facilement
les problèmes sociaux ; ils prouvent la nécessité
des variétés des positions sociales, l'inégalité intellectuelle, les anomalies corporelles ; ils nous
montrent clairement l'avantage, mais non *la nécessité* de l'ascension PERSONNELLE vers le beau, le

bien, le juste, car à tous moments nous sommes maîtres de nos destinées et l'avenir est celui que nous avons fait nous-mêmes par notre passé (1) et quelque faibles qu'aient été nos progrès, ils nous restent acquis.

Enfin, l'amour peut nous sauver ! nos proches communiquent avec nous par le périsprit, ils ne sont pas morts ! ils ne sont qu'éloignés et nous correspondons avec eux, ils nous guident et peuvent encore, par la puissance de l'amour, nous sauver.

Quelle belle philosophie que celle où, plus fort que tout, l'amour de l'un pour l'autre subsiste intact malgré le temps et où les mérites de l'un peuvent profiter à l'autre, où la mère, par la force de son amour, sauve son enfant d'une épreuve trop dure, où l'amante sauve son amant de la déchéance morale et l'entraîne dans la voie qui conduit à la lumière.

Nous sommes à une époque de transition. Quel est notre avenir ? L'humanité semble entrer dans une ère nouvelle ; on la sent en travail, car il en est de même des peuples que des croyances,

----

(1) L'avenir existe virtuellement dans le passé, comme la fleur dans le bourgeon. Saint Augustin dit à ce sujet que le futur n'existe que parce que le passé le forme.

ils ont leur naissance corporelle et intellectuelle, leurs développements et leurs décrépitudes, mais ces stades ne touchent qu'un peuple et non l'humanité qui, elle, marche lentement vers le progrès de la race sans pouvoir être entravée par les défaillances de certaines de ses parties, car ces parties défectueuses sont remplacées par d'autres parties saines et neuves qui contrebalancent l'influence mauvaise des premières.

C'est à ce moment où nous sombrons dans un gâchis, où le sang va couler, c'est à ce moment qu'il convient de prêcher la vraie croisade: le salut est dans le combat contre l'égoïsme, dans la lutte contre le matérialisme, dans l'établissement des principes sacrés de l'égalité d'origine et de la perfection personnelle (qui ne s'achète pas et qu'on ne gagne que par ses propres efforts) — c'est là la seule égalité — la vraie (toute autre n'existe pas et n'est qu'un leurre des politiciens) (1) et, enfin, dans la croyance robuste à l'immortalité de l'âme.

---

(1) A ceux qui follement ou criminellement promettent l'égalité matérielle, il n'y a qu'à demander d'établir primitivement l'égalité physique, — or, je n'ai jamais rencontré de rhétoricien assez habile pour infirmer cet axiome que n'étant l'égal de personne, je suis supérieur ou inférieur aux autres.

Revenons à l'instant présent et constatons le mouvement produit.

Le spiritisme, sous différents noms, a toujours existé; on le retrouve aux époques les plus reculées, mais ces faits sont tellement lointains qu'ils n'ont pas pour la masse l'intérêt des faits modernes. Le mouvement actuel commença en 1846, avec les phénomènes produits par les jeunes miss Fox. Or, peu de temps après les premières expériences, quatorze mille signatures couvraient une pétition demandant aux Chambres du Congrès fédéral des Etats-Unis que des fonds fussent votés en vue de l'établissement d'expériences qui pussent fixer nettement les *faits.*

Une poussée plus gigantesque encore fut donnée aux théories spiritualistes en raison de l'opposition désespérée et parfois partiale des savants qui croyaient de leur devoir de guérir une épidémie de folie; mais la plupart d'entre eux, en expérimentant pour découvrir la supercherie, se convainquirent eux-mêmes et devinrent les plus fervents adeptes des théories nouvelles.

Depuis ce moment, la croyance spirite se répandit prodigieusement; nous allons passer très rapidement en revue le mouvement créé chez les diverses nations par les révélations de l'existence des esprits (1).

EN FRANCE. — Le mouvement commence réellement avec Allan Kardec, dont nous avons vu les ouvrages et la doctrine ; Eliphas Lévi publie, dans *La Science des esprits*, le résumé de la science sacrée, la Kabbale, qui explique les phénomènes spirites. Nous voyons ensuite, comme littérateurs: Balzac (*Seraphita*), V. Hugo, Vacquerie, Mme de Girardin, Flammarion, Gauthier (*Spirite*), V. Sardou. Eugène Nus publia, dès 1854, dans un style attrayant et même amusant : *Les Grands Mystères. — Choses de l'autre Monde* (correspondance avec les Esprits), — *Les Dogmes nouveaux. — Congrès des Bêtises.* A côté de rêveurs trop crédules comme le baron de Guldenstubée et sa sœur ou Henri Lacroix. (*Nos expériences avec les Esprits*), où l'auteur nous raconte que Mme de Girardin s'est *toquée* de lui..., nous trouvons des esprits comme le savant Richet, le docteur Gibier, le colonel de Rochas qui expérimentent sans conclure.

Le premier théoricien du *fluide* est Agénor de

_____

(1) Mes lecteurs voudront bien excuser la forme télégraphique que je suis obligé d'employer dans ce *Catalogue* écourté des meilleures Œuvres de spiritisme.

Gasparin qui, dans *Des Tables tournantes, du Surnaturel en général et des Esprits*, a posé en principe que les déplacements d'objets étaient dus à une *action magnétique* ou force encore mal définie. C'est aussi la théorie de Chevillard, que nous avons exposée, et celle de Thury, de Genève, qui trouve la *cause* des phénomènes dans un fluide général qu'il nomme psychod, qui vient en droite ligne de l'*Od* ou Odyle, fluide impondérable et universel redécouvert par Reichenbach.

Quant aux spiritualistes qui attribuent les phénomènes au Diable (Satan), ils sont représentés par le marquis Bades de Mirville avec *Des Esprits et de leurs manifestations*, qui rapporte un grand nombre de faits; par la *Magie moderne* du chevalier Gougenot des Mousseaux et du P. Ventura, qui cite, entre autres, les faits du sorcier de Cideville; ainsi que par l'abbé Marousseau, professeur de théologie, qui, en 1866, dans son *Spiritisme devant l'Eglise et devant l'Histoire*, s'exprimait ainsi : « Le spiritisme, il faut bien le reconnaître, enveloppe comme un immense réseau la société tout entière et, par ses prophètes, par ses oracles, par ses livres, par son journalisme, s'efforce de miner sourdement l'Eglise catholique. S'il nous a rendu le service de renverser les théories matérialistes du XVIIIe siècle, il nous donne en échange une révélation nouvelle qui sape par sa base tout l'édifice de la révélation chrétienne. » Et quels progrès ont été accomplis depuis cette époque!

Le spiritisme dogmatique actuel, il faut le dire, est très mal représenté, et sans MM. Gabriel Delaune, auteur du *Phénomène spirite de psychologie physiologiste*, etc., esprit distingué qui lutte le bon combat, et Chaigneau, les écrivains de talent lui font défaut.

Les journaux et revues sont : l'*Initiation* (publication élevée, occultisme), *Philosophie des Etudiants Svédenborgeois* (excellente à lire), *Annales des Sciences psychiques* (journal d'expériences), *Le Spiritisme* (très intéressant à lire), *Moniteur Spirite et Magnétique* (très indépendant), *La Revue spirite*, publication à la portée de tous.

EN ALLEMAGNE. — Dès 1840, le docteur Kerner constata les premiers phénomènes spirites dans son pays en soignant Mme Hauffe ; il décrit ces faits curieux dans *La Voyante de Prevorst*. Dès 1853, l'épidémie de tables tournantes qui avait gagné l'Europe atteignit l'Allemagne; il n'est bruit, dans la presse allemande, que de *tischrücken* ou *klopfgeister*, c'est-à-dire tables dansantes ou gymnastique des Esprits. A signaler un article du docteur Andrée, si estimé en Allemagne qu'une déclaration signée de lui suffit pour constater l'authenticité des faits les plus invraisemblables. Le docteur Bohm, directeur de l'Observatoire de Prague, les docteurs Carl et Hermann Schauenberg, professeurs à Bonn, affirmèrent aussi la réalité des phénomènes spirites, après de nombreuses expériences.

Plus tard, le célèbre astronome Zöllner, professeur à l'Université de Leipzig ; Weber, Feschner, physiologistes distingués, le professeur Ulrici... publièrent leurs recherches et leurs observations; *Périodiques :* — *Sphinx*, (le sphinx) *Psycheschstudien*. (Etudes psychiques) etc.

EN ANGLETERRE. — Le spiritisme a été, dès l'abord, *canalisé* et n'a pas eu à parcourir la carrière charlatanesque qu'il affecte le plus souvent chez nous. Dès le premier moment, la société Dialectique de Londres affirma la réalité des faits. Crookes, après quatre années d'investigations mises à l'abri de la fraude et de l'erreur, par les procédés les plus ingénieux; publia son fameux rapport. Lodge, l'un des physiciens les plus estimés d'Angleterre, Président de l'Association britannique pour l'avancement des sciences, est un chaud partisan du spiritisme. Sergent Cox, philosophe estimé, consacra plusieurs années à asseoir sa conviction; il en fut de même de M. Ozon, professeur à l'Université d'Oxford, qui étudia cinq ans avant de se prononcer, (quel est le savant français, à part Richet, qui a étudié cinq ans avant de se prononcer?) mais ce n'est rien auprès du Dr G. Sexton qui mit quinze ans à ses recherches. — M. le Dr Chambers eut le courage, après en avoir été l'un des adversaires les plus acharnés, de défendre le spiritisme. Le Dr James Gules s'est particulièrement signalé par l'étude des maladies nerveuses et du spiritisme. La littérature anglaise n'est pas très fournie. Signalons cependant *Outliness of Investigation into modern spiritualism.* (Recueil de recherches sur le spiritualisme moderne), et surtout les *Proceedings of Psychical researches.* (comptes rendus des études psychiques). Enfin MM. Gurney, Myers et Podmore de la société des recherches psychiques, ont publié un livre *Phantasm of the Livings.* (Fantômes des vivants), dont un abrégé a été publié en français par L. Marillier, sous le nom de *Les hallucinations télépathiques*, avec une remarquable préface de Ch. Richet.

En AUTRICHE. — L'Archiduc Rodolphe est un ardent défenseur des théories spirites : il s'est livré avec le medium Bastian à des expériences nombreuses et passionnantes, car ils obtiennent particulièrement des matérialisations. — *Périodiques : Reformidende Blatter.* (Feuilles réformatrices) etc...

EN BELGIQUE. — Les leaders manquent un peu ici ; mais proportionnellement, le nombre d'expérimentateurs est plus grand que chez nous. (Liège et Bruxelles sont deux centres actifs). *Périodiques :* — Le *Messager spirite,* — Le *Moniteur spirite,* qui enregistrent les faits multiples sans discussion.

EN ESPAGNE. — Pays où les adeptes sont le plus répandus et des mieux choisis, entre autres, le sympathique vicomte de Torès, — Solano, — *Périodiques : Revues des Etudes psychologiques. El Criterio Espiritista,* (la Preuve spirite). *La Lux del Porvenir,* (la lumière de l'Avenir). La *Révélation,* etc.

EN ITALIE. — Le spiritisme scientifique en Italie ne date que de 1891, époque à laquelle le professeur Ercole Chiaia, de Naples, provoqua avec les expériences qu'il obtenait à l'aide de son *medium,* Eusapia Paladino, des phénomènes qui entraînèrent la conviction et la conversion retentissante du professeur aliéniste Lombroso ; les professeurs Tamburini Virgilio, Bianchi, Vizioli, le banquier Hirsch, etc., assistaient à ces curieuses séances. Le professeur Ch. Richet est allé spécialement à Naples pour voir ce medium, dont il ne se montre que médiocrement enthousiasmé. *Périodiques : — Lux* (la lumière). La *sfinge* (le sphinx). *El vessillo spiritisto* (le drapeau spirite).

EN PORTUGAL, EN SUÈDE ET NORWÈGE, EN HOLLANDE, les périodiques sont respectivement représentés par *O. Psychisme, — Morgen dœmeringen,* et *Op de Groson.*

EN RUSSIE, le professeur Boutlerow avait refait pour son éducation personnelle, et dans le même temps, toutes les expériences de Crookes ; le Prince Alexandre Askakoff a publié de curieux travaux sur les apparitions, le comte de Bodisko a donné les plus curieuses photographies...

Enfin, sur la terre d'origine, en AMÉRIQUE, le professeur Mapes, le savant Robert Hart ont été les premiers défenseurs des faits, dont la doctrine a gagné le pays tout entier : on compte au moins onze millions de spirites aux Etats-Unis.

Et maintenant, à l'assaut des préjugés ; je vous ai armés... Combattez.

Avant de terminer cette partie théorique et d'exposer les pratiques, qu'il me soit permis de vous donner deux conseils :

1º Expérimentez par vous même, à un double point de vue : — *A* vous n'aurez pas la fraude à redouter ; — *B* vous ressentirez par une voie autre que celle des sens, des choses inexplicables qui vous donneront une preuve *intime*, mais irréfragable, de la réalité des faits.

2º Si vous n'êtes pas *medium* et que vous soyez obligés de recourir à des amis, à des proches, n'acceptez les phénomènes qu'avec la plus grande circonspection et jamais, dans aucun cas, n'acceptez de *medium* PAYÉ, CAR IL VOUS TROMPERAIT FATALEMENT, même alors qu'il n'en aurait pas la moindre envie.

CHAPITRE HUITIÈME

Manuel opératoire des séances de spiritisme.

Nous voici venus à la partie pratique du spiritisme... celle qui fait rire le plus les incroyants. Laissez rire et expérimentez, c'est le plus sage conseil que je puisse vous donner.

Pour faire du spiritisme ou mieux, pour correspondre avec les esprits, il suffit d'un *medium*. Allan Kardec dit que toute personne qui ressent à un degré quelconque l'influence des esprits est par cela même *medium*.

C'est donc une faculté spéciale, inhérente à un individu particulier; toutefois, on peut dire que chacun possède à un plus ou moins haut degré ce privilège, et qu'il suffit de s'entraîner régulièrement pour développer en soi cette heureuse faculté.

Mais chacun de nous, même *medium*, est plus apte à produire certains phénomènes que d'autres. On distingue parmi les *mediums*, le *medium à effets physiques*, qui est particulièrement apte à provoquer volontairement ou non des phénomènes matériels, tels que coups frappés dans les objets ou les murs, mouvement des corps inertes. Dunglas Home, Slade furent deux des plus puissants médiums de cette nature.

Le medium *physique et involontaire* sert souvent de jouet aux esprits qui ne se plaisent qu'au mal. C'est ici que se place une question bien souvent posée? Pourquoi les esprits se manifestent-ils spécialement dans les forêts épaisses, dans les vieux châteaux, dans les ruines? A cela, il n'y a qu'un mot à répondre: Les esprits ne se manifestent pas particulièrement dans ces endroits; c'est votre imagination, bonnes gens, c'est la folle du logis qui vous montre ces lieux déserts hantés l'âme des morts.

Les tombes ne sont pas non plus leur séjour de prédilection. Si vos prières, votre **amour** les y appellent, ils s'y rendront tout comme en un autre lieu, mais ils ne le choisiront **pas**, non plus que nos ténèbres que nous peuplons des êtres les plus imaginaires, car il n'y a pas de ténèbres pour des âmes.

On a remarqué que certaines maisons semblaient particulièrement hantées. Qu'on rie tant que l'on voudra, mais le fait est réel : il est, le plus souvent, produit par un *medium* involontaire, souvent victime de sa faculté plus ou moins puissante. Nous en verrons des exemples certains dans le 2e volume de cet ouvrage. Certains esprits présentent ceci de remarquable, c'est que tant qu'on semble disposé à les laisser se manifester, ils ne causent que des dégâts insignifiants ou un préjudice minime à leur victime, mais, sitôt qu'on doute d'eux, sitôt qu'on les veut chasser, exorciser..., leurs manifestations redoublent et deviennent souvent dangereuses, parfois mortelles.

Le *medium physique et volontaire* est celui qui jouit de la faculté de produire les phénomènes physiques.

Ces phénomènes physiques sont des plus variés; les esprits, en effet, produisent, le plus souvent, des sons, des coups, des bruits; lancent ou déplacent les objets.

La méthode pour obtenir ces manifestations est la suivante :

Pour commencer, on réunit plusieurs personnes

autour d'une table légère (de préférence un guéridon — table à un seul pied — bien que tout objet
soit bon pour l'expérience), les genoux éloignés
de tout contact avec elle, et on étend les mains
sur les bords, sans appuyer; puis, on attend dans
le silence.

Si aucune manifestation ne se produit au bout
d'une vingtaine de minutes d'expérience sérieuse,
c'est qu'aucun *medium* n'existe parmi les expérimentateurs; les spirites religieux pensent qu'on
doit d'abord se rendre les esprits favorables par
la prière; ils assurent qu'un désir ardent, un
vouloir puissant du succès facilitent les résultats,
surtout lorsqu'ils sont aidés d'un profond recueillement et d'évocations réitérées aux esprits.

Dans la plupart des cas, les expérimentateurs se
trouvent guidés par des impulsions irraisonnées
qui leur sont communiquées, pensent-ils, par les
esprits eux mêmes, ou bien ils reçoivent communication de ce qu'ils doivent faire par l'intermédiaire d'un *medium* écrivain (dont je vais parler).

J'ai le plus souvent entendu assurer que la
meilleure condition pour la réussite est de ne
réunir autour de la table que des personnes
croyantes et désireuses du phénomène. Surtout
lorsque chacune invoque dans le recueillement

l'esprit de ceux qui l'ont aimé. Mais, je crois que cette disposition n'est pas indispensable.

Dans presque toutes les séances, on fait appel à tous les bons esprits en bloc en les *évoquant toujours au nom de* DIEU, sans qu'il y ait une forme particulière d'évocation.

Ainsi, l'on dit : *Au nom de Dieu, du Fils et du St-Esprit, si un esprit est présent parmi nous, qu'il veuille bien se manifester par* (un coup frappé, un mouvement dans la table etc.) Ou bien : *Esprits, chers Esprits, daignez, au nom de Dieu, vous communiquer à moi, et* (me faire écrire) ou encore : *Au nom de Dieu tout-puissant, je prie l'esprit* (un tel) *de vouloir bien se communiquer à moi, m'assister et écarter les mauvais esprits,* etc...

Mais ces prières, qui peuvent favoriser le phénomène, ne m'ont pas semblé indispensables ; en tous cas, elles ne peuvent nuire aux expériences, au contraire.

Lorsque rien ne s'est produit au bout d'une dizaine de minutes, on peut poser à l'esprit une question à laquelle il répondra simplement par un coup frappé dans la table ou par elle, telle que : Es-tu là ? Veux-tu communiquer avec nous ! etc.

Les coups frappés sont *vieux jeu* et se prêtent assez bien aux fraudes; ils ne donnent que des réponses monosyllabiques, l'esprit ayant recours à un mouvement de bascule qu'il imprime à la table et qui la fait lever d'un côté pour retomber de l'autre en frappant d'un pied sur le sol.

Le *medium* ou, à son défaut, celui qui guide l'expérience doit toujours indiquer à l'esprit un mode de correspondance convenu : frappement des coups dans le mur, frappement des coups par le pied de la table, un coup pour OUI, deux coup pour NON, trois coups pour OUI CERTAIN.

L'esprit, du reste, guidera ceux qui l'interrogent et il ne tardera pas à faciliter les conversations, soit qu'il accentue les réponses par l'énergie des coups, soit qu'il prenne tout autre moyen. Dans certaines expériences, la table s'adresse particulièrement à une personne de la séance vers laquelle elle s'incline, qu'elle suit et rejoint parfois malgré les obstacles, si l'esprit a de la sympathie pour cette personne; elle manifeste parfois son antipathie pour telle autre en la frappant avec une brutalité plus ou moins grande (des pieds de table se sont rompus en maltraitant des personnes en séance).

Le vieux système consiste donc à prier l'esprit de désigner les lettres par le moyen de coups frappés : A, un coup, B, deux, C, trois, etc., tandis qu'une personne les écrit au fur et à mesure qu'elles sont frappées et les assemble pour en faire des mots. Un frappement spécial indique que la communication est terminée.

Mme de Girardin perfectionna ce système : Une table est disposée de façon que son pied étant fixe, le dessus du guéridon (de trente à quarante centimètres de diamètre) tourne librement sur son axe. Or, le pied ne bougeant pas, une aiguille est montée sur son axe et reste immobile. Par suite, lorsqu'on entraîne par un mouvement circulaire la tablette du guéridon — sur la circonférence de laquelle sont tracées, comme sur un cadran, les lettres de l'alphabet, des chiffres, les mots *oui et non*, etc., — on les fait successivement passer devant la pointe de l'aiguille.

En conséquence, lorsque l'esprit veut se manifester, le medium, ayant les doigts posés sur la tablette, celle-ci tourne et s'arrête quand la lettre voulue est sous la pointe de l'aiguille. Une personne est chargée de relever et d'assembler les lettres ainsi indiquées.

On opère encore de la manière suivante : On

trace sur un carton les lettres de l'alphabet, les chiffres, les mots : oui, non... et on suit du doigt l'alphabet ; lorsque le doigt est sur la lettre voulue, un coup de la table vous en avertit ; on la note et on assemble les lettres ainsi désignées.

Mais tous ces procédés sont très lents, les spirites préfèrent le suivant qui n'est praticable que pour les mediums écrivains ; il est dit : *écriture directe.*

C'est la transmission de pensée d'un esprit au moyen de l'écriture par la main du *medium.* Ce dernier est purement passif et n'a aucune part au phénomène ; il n'est que le soutien du crayon et ne le guide en aucune façon.

J'avoue que cette manière d'opérer ouvre la porte aux supercheries ; bien que la présence manifeste des esprits s'affirme dans certaines communications de cette nature, si je n'avais pas des faits plus précis, plus matériels, plus probants, je n'aurais jamais écrit ce livre.

Pour obtenir l'écriture directe, il suffit du recueillement, de la prière, et enfin, de l'évocation.

On a assuré que, plaçant une simple feuille de papier, sur une table, on la trouvait, quelques minutes après, recouverte de caractères... Disons que les spirites ont tourné la difficulté. Ils ont passé un crayon au travers du fond d'une corbeille posée à l'envers et qu'ils maintiennent en équilibre sur la pointe du crayon qui peut glisser sur une feuille de papier. Lorsqu'on étend la main sur la corbeille, celle-ci se met en mouvement et trace des traits qui, dans certains cas, forment des lettres, et celles-ci, assemblées, donnent des mots, des phrases, etc. Dans ce cas, lorsque le crayon est arrivé au bout de la ligne, au lieu de revenir en arrière pour en commencer une autre, il continue circulairement de la périphérie au centre, en spirale.

On utilise encore des planchettes armées de deux pieds : Sur l'un des bords est un trou oblique dans lequel on assujettit le crayon qui repose sur une feuille de papier. Les mains du medium étendues sur cette planchette, le phénomène se produit comme avec la corbeille (1).

On a aussi tenté d'armer le pied d'une table d'un crayon, mais tous ces procédés sont longs et donnent des écritures vagues, souvent illisibles qu'on doit interpréter plutôt que déchiffrer.

Aussi bien, les spirites actuels n'ont-ils pas hé-

---

(1) Ce procédé fit la fortune d'un ébéniste de la rue d'Aumale qui vendit, par milliers, en 1855, des *planchettes spirites*.

U 1   6

sité à supprimer tout instrument. Armés du crayon, ils s'abandonnent aux impulsions de l'esprit.

On assure que l'on s'aperçoit de cette influence à un léger frémissement dans l'avant-bras; uniquement sous l'impulsion de l'esprit, sans mouvement volontaire, la main s'agite et trace des traits d'abord vagues, puis, forme des caractères de mieux en mieux dessinés.

Les débuts sont parfois très longs : dans ce cas, on ne doit pas persister si on n'obtient autre chose que des traits sans signification apparente, car on est, d'après Allan Kardec, un *medium improductif*.

Toutefois, le révélateur du spiritisme appelle l'attention des expérimentateurs sur les points suivants qui ne sont pas particuliers aux *mediums* écrivains, mais qui s'appliquent à toutes les expériences du spiritisme et dont on doit tenir le *compte le plus absolu* — on peut m'en croire :

Ne jamais adresser aux esprits de questions d'intérêt matériel et chercher à se les rendre sympathiques. Ne jamais évoquer d'esprits mauvais, car les plus grands dangers sont à redouter dans ce cas (nous en parlerons plus bas :

larves, etc.); nous ajouterons : FUIR TOUTE
SÉANCE OU LE MEDIUM EST PAYÉ.

Enfin, nous verrons, sous le nom d'*écriture
directe*, un phénomène très curieux, et certain
cependant, qui s'obtient en mettant un bout
de crayon d'ardoise entre deux ardoises ficelées,
scellées, auxquelles personne ne peut toucher.
Sous l'influence de l'esprit, le crayon écrit sur les
ardoises des phrases entières très nettes et d'une
provenance indiscutable. (Voir dans la même
collection : *Les Phénomènes du Spiritisme*).

Disons pour terminer — car, limités par
l'espace, nous devons abréger — qu'il y a
des *mediums sensitifs* qui ressentent la présence des esprits par un trouble, une impression de frôlement qu'il faut avoir subis soi-
même pour s'en rendre compte; ils peuvent
percevoir de cette manière des communications
qui se rapprochent de l'inspiration divine, du
pressentiment. La méditation et la prière seules
peuvent favoriser les qualités spéciales de sujets
doués de cette faculté. Il en est un peu de même
des *mediums auditifs*, qui entendent les esprits
et conversent avec eux; des *mediums voyants*,
qui voient les esprits des morts et parfois des
vivants, soit à l'état somnambulique, soit à l'état

de veille; enfin, des *mediums parlants*, chez lesquels l'esprit agit sur la parole comme il agit sur la main chez les *mediums écrivains*.

Pour rester dans le domaine des *mediums à effets physiques*, il faut dire que les manifestations qu'ils produisent vont des expériences du *medium typtologue* (1) aux merveilleux résultats obtenus par Dunglas Home, dont nous relaterons les phénomènes matériellement certains dans le volume des Phénomènes.

Qu'il suffise de dire ici que, dans les séances ordinaires (qui doivent être faites en silence et avec une lumière tamisée), au bout d'un temps qui varie de dix à vingt minutes, les expérimentateurs ressentent, dans les avant-bras et dans les mains, des fourmillements qui proviennent de la fatigue imposée aux membres par une position fixe qu'ils ne doivent pas quitter.

Bientôt, la table fait entendre de légers craquements; enfin, elle s'ébranle et se livre à des mouvements plus ou moins désordonnés. Les expérimentateurs doivent alors suivre la table en

_____

(1) On désigne sous le nom de typtologie le langage convenu avec les esprits, qui se produit par coups frappés dans la table, dans les murs, etc.

tenant, autant que possible, les doigts toujours posés dessus sans appuyer.

Nous verrons que, dès les premières expériences, on entend des coups frappés dans la table, dans les sièges (ces coups ont parfois une puissance telle qu'on dirait qu'ils vont fendre la table — on les entend en moyenne de cinq à dix mètres de distance). La table se déplace, va d'un coin à l'autre de la pièce brutalement ou doucement, elle danse en musique ou saute gauchement. Dans les expériences de Gibier, la table se souleva et, se retournant, alla toucher le plafond de ses quatre pieds. Dans d'autres cas, des meubles plus ou moins pesants se sont déplacés *sans contact*. Des ardoises ont été brisées entre les mains de Gibier, par six fois, alors qu'il ne pouvait en faire autant même en les frappant sur la table. Enfin, ce savant obtint des communications écrites. Tous ces faits sont tellement prouvés qu'ils sont AUSSI VRAIS que les expériences de physique.

C'est ainsi que se trouvent matériellement établis de nombreux faits de mouvements de corps pesants, avec contact des mains, mais sans intervention mécanique, de phénomènes de percussion et d'assemblage de sons, d'altération du poids des corps, de mouvements de corps pesants, sans contact, et à une certaine distance du *medium*, de l'enlèvement de corps, sans contact, de l'enlèvement de personnes sans contact, etc.

En dehors des *mediums* que nous venons de voir, il y a les *mediums* à *matérialisation*.

Les spirites assurent que les esprits peuvent s'emparer AUX DÉPENS DU MEDIUM d'une quantité de matière ou de fluide, en un mot de ce qui est nécessaire pour leur permettre de s'entourer d'un corps sensible à la vue ou même au toucher, et que, à partir de cet instant, ils vivent d'une vie factice, mais semblable à la vie réelle pendant que le medium dort d'un sommeil spécial dit *sommeil medianimique*.

La question est grave, méditons-la, car nous sommes ici aux limites de la raison.

Rappelons que le temps que l'homme passe sur la terre n'est qu'un temps d'épreuve à la suite duquel l'âme épurée aura gagné sa récompense et revivra dans un autre monde, le monde invisible qui nous entoure, nous presse et que nos yeux grossiers ne nous laissent pas percevoir.

L'amour a, en outre, la puissance de réunir à jamais ceux qu'il a une fois unis et leur permet de communiquer ensemble par le moyen de leur périsprit bien qu'ils soient dans des lieux différents. Lorsqu'ils occupent une place plus avancée vers la définitive récompense, ils sont nos guides, nos gardiens et nous devons obéir aux communications, aux impulsions par lesquelles ils se manifestent à nous.

Mais ces communications se présentent sous des formes absolument différentes. Tantôt l'esprit évoqué se perd dans la nébulosité d'une métaphysique bourgeoise et banale, tantôt il se livre à une série de petites farces d'un goût des plus douteux.

Les spirites expliquent ces faits contradictoires en disant qu'il y a de bons et de mauvais esprits; les bons (guides et gardiens) sont les esprits déjà régénérés par des réincarnations suffisantes pour ne chercher leur récompense que dans le bien; les autres, esprits inférieurs, ou même esprits incomplets, esprits mauvais que l'on nomme *larves*, *lémures*, etc., sont les âmes des êtres grossiers, des suicidés et des êtres mort-nés qui ne peuvent vivre qu'en absorbant, à leur profit, la vie du *medium*. Pour atteindre ce but, ils répondent à toutes les demandes du consultant, même les immorales, même les impures, ils prennent possession de lui, peu à peu, se le soumettent et lui font payer cher le plaisir d'avoir eu des communications promptes sur des sujets auxquels les esprits supérieurs se refusent à répondre.

On conçoit donc que les *mediums*, êtres doués d'une grande quantité de fluide, soient particulièrement aptes à favoriser les expériences, mais que, lorsqu'ils sont dans un état spécial (sommeil médianimique) que l'on appelle encore *état de transe* en Angleterre et en Amérique (le mot est passé chez nous) et qui correspond sensiblement à l'état léthargique des phénomènes d'hypnotisme, ils soient particulièrement aptes à favoriser le développement des larves à la vie. Néanmoins, le *medium* peut communiquer avec un bon esprit (1). Dans cet état, sous l'influence des esprits et du *medium*, se produisent les phénomènes dits de *matérialisation*, pendant lesquels des objets extérieurs à la salle peuvent y

----

(1) C'est ce qui se passe presque toujours lorsque les intentions des expérimentateurs sont pures et que les expériences sont tentées dans un intérêt général et non dans un but d'égoïsme.

être apportés en passant *au travers des murs* (1); bien plus, peuvent apparaître des formes fantômatiques, incarnation (2) de l'esprit du *medium* ou matérialisation évocative de la forme animique d'un mort.

La réalité de ces expériences impressionnantes est assurée par plus de soixante photographies prises par plusieurs opérateurs en des lieux, des temps différents, avec des *mediums* étrangers, et présentent, par conséquent, la certitude la plus absolue. (Voir dans la même collection : *Les Phénomènes du spiritisme*.)

Les expériences obtenues avec les *mediums à matérialisation* ne se sont produites, le plus souvent, que dans l'obscurité; du reste, lorsqu'il en est temps, la table avertit que quelque chose va se passer (sans presque jamais dire quoi) et elle indique si la lumière doit être éteinte. On doit, en tous cas, suivre, sans impa-

---

(1) Ces sortes de phénomènes sont désignés en spiritisme sous le nom d'*apports*. Ils peuvent se produire sans que le *médium* soit en sommeil, mais ce fait trés récent n'est pas encore prouvé.

(2) Les *mediums* qui produisent les phénomènes de cette nature, sont plus particulièrement dits *mediums* à incarnation, bien qu'ils se rangent dans la catégorie des *mediums* à matérialisation.

tience, les indications qu'elle donne et ne jamais *forcer* une expérience. Attendre, est la seule qualité du spirite qui trouve sa récompense méritée dans des faits auxquels il ne pense pas et qui reste, le plus souvent, en suspens pour ceux qu'il provoque ou qu'il désire.

Voilà, rapidement exposées, les principales pratiques du spiritisme. Comme on le voit, elles se résolvent à un ensemble bien simple. Pas de ces conjurations, de ces sortilèges, de ces pratiques louches de la sorcellerie, rien des procédés déprimants du magnétisme, rien que la prière et la patience.

Résumons donc, en peu de lignes, quelques préceptes utiles à la mise en application de cette pratique. Tout d'abord, répétons à satiété que les expériences de spiritisme ne doivent jamais, sous aucun prétexte, être entreprises dans un but futile. C'est une opération sérieuse en elle-même et grave par les conséquences qu'elle peut entraîner. On doit y procéder avec une grande sagesse. On ne sait pas assez combien certaines communications influent sur l'esprit de quelques personnes. A quelles extrémités se résoudra une mère qui reçoit un message de son enfant adoré, qu'elle vient de voir mourir? Dans cet état d'âme, discutera-t-elle l'expérience? Eventera-t-elle la supercherie, si grossière qu'elle soit? Non... pour s'en rendre compte on n'a qu'à constater l'émotion des assistants aux premières manifestations, ou leur angoisse dans les faits d'apparition.

Par conséquent, ne vous livrez jamais à une expérience de spiritisme que lorsque vous aurez l'esprit lucide, reposé, sans inquiétude ou sans chagrin. Vérifiez toujours la salle et les instruments avant de vous en servir et ne craignez pas de montrer une rigoureuse persévérance à écarter de vos expériences tout résultat qui, fût-il même vrai, peut se trouver entaché d'un doute. Vous trouverez votre récompense dans la netteté de vos observations et dans la conviction qu'elles imprimeront en vous.

D'autre part, il faut remarquer que la fonction de *medium* n'est pas sans quelque danger, surtout lorsque les séances sont répétées et trop longues. Fût-il bien constitué, un *medium* n'a pas, dans ces conditions, le temps de se *refaire*, surtout s'il est d'une complexion nerveuse ou s'il n'a pas le cerveau bien solide.

On peut partir de cette base que l'exercice des séances spirites (la *mediumnité*) entraîne

toujours une déperdition de fluide, un ébranle-
ment nerveux et une excitation cérébrale.

On ne doit donc exercer ou laisser exercer la
fonction de *medium* qu'à des gens qui peuvent
supporter ces secousses ; on doit en écarter les
faibles et surtout les enfants.

Enfin, un bon *medium* ne doit chercher qu'à
être utile à l'humanité tout entière. Son rôle est
assez beau et assez noble de révéler au monde
nouveau l'immortalité de l'âme, d'affirmer *par
des faits* l'existence des esprits et de développer
la foi spiritualiste.

La lutte est assez étendue : la foi est morte, il
la faut faire revivre. *Mediums*, vous avez à lut-
ter contre l'esprit de sectarisme des gens qui
ne pensent pas, des ennemis de Dieu ; affirmez
vos croyances, développez surtout le merveilleux charme, l'enchantement miraculeux, l'a-
mour. Que la volonté du bien vous soutienne !
Vos amis de là-bas vous y aideront et, émerveillés,
vous, pauvres hères, de la mission qui vous est
confiée, vous arriverez à la fin de votre carrière
terrestre avec une âme améliorée de tout le bien
que vous aurez créé.

Donc, aspirez à devenir *medium*. Si vous êtes
assez heureux pour posséder cette faculté, ne

cherchez jamais à *forcer* l'expérience, laissez-
vous conduire docilement, même si vous croyez
que votre guide vous entraîne sur une vóie
ridicule ; il sait mieux que vous ce qu'il vous
faut. Déjà, pour atteindre ce but, vous aurez
chassé de votre cœur l'orgueil et l'égoïsme. Plus
votre esprit sera éclairé, plus votre cœur sera sincère et bon, plus les communications vous seront
faciles et profitables.

Comment Voltaire entrerait-il en conversation
avec le périsprit d'un charretier, et comment
Alfred de Musset pourrait-il se communiquer à
une âme grossière ?

L'orgueil perd les *mediums*. Chassez donc ce
vice, ne vous faites aucun mérite de cette faculté, ne la cachez pas sous un masque hypo-
crite, ne vous croyez pas infaillible. Lorsque
votre cœur sera pur, lorsque votre vie sera hon-
nête, lorsque vos vices et vos passions seront
domptées, vous aurez plaisir à vous trouver dans
un milieu intelligent de gens sincères où, par
sympathie, les esprits les plus éclairés ne dédai-
gneront pas de venir s'adresser.

En général, le *medium* doit être sobre de question et discret. Si vous êtes amenés à demander
quelques conseils sur votre existence privée, nul

mieux que votre gardien ne vous tirera d'embarras; non seulement il sait, mais il aime; il vous aidera donc toujours dans la limite du bien. Que jamais votre demande ne s'égare dans des affaires d'intérêt matériel ou dans des questions futiles.

Ne leur demandez pas où est un trésor, le cours de la Bourse de demain, le cheval qui gagnera, car leur réponse sera presque toujours ridicule et fausse. Il n'y a que dans les cas désespérés où le *medium* est inspiré par une pensée noble et généreuse — pour les autres seulement — qu'il peut parfois avoir communication relative à des questions d'intérêt, pour sauver quelqu'un d'un déshonneur immérité, pour la réparation d'une injustice, etc.

Mais ces cas sont strictement limités; on ne doit en occuper les esprits que lorsqu'il n'y a plus moyen de faire autrement.

Enfin, disons que si les expériences, à effets physiques, sont généralement exemptes de dangers, il n'en est pas de même des expériences de matérialisation.

Les gens de la meilleure foi du monde assurent que l'esprit désincarné concentre l'émanation de la matière vivante qui s'exhale des assistants

(sympathiques entre eux) et se rend visible sous
son ancienne forme terrestre où on peut l'entendre
parler, le voir écrire, mouvoir des objets, jouer
des instruments de musique qu'il connaissait de
son vivant, se faire photographier, etc.

Mais, pour que ces phénomènes se produisent,
il est nécessaire de les provoquer (toujours sur
l'ordre de l'esprit, — par conséquent on n'a qu'à
l'attendre) en pleine obscurité. Or, jamais un savant n'admettra de telles expériences... et il aura
raison. C'est pourquoi, afin de tourner la difficulté, certains chercheurs ont installé l'éclairage
électrique dans leur salle d'expérience de manière
à faire la lumière à chaque instant, inopiné-
ment, et à éviter toute supercherie. M. M. Filder,
lui, a fait de remarquables expériences et a ob-
tenu des matérialisations parfaites à la lumière
d'un rouge orange — tout autre étant peu favorable, sinon nuisible aux phénomènes.

Il y aurait intérêt, sans que cela soit indispensable, à accompagner les expériences de musique;
on aurait vite déterminé le mode de musique le
mieux approprié et le genre d'instrument préfé-
rable (probablement l'orgue ou l'harmonium).

En terminant, disons un mot de cet échange
possible des deux mondes, le supérieur et le ter-

restre qui, marchant d'un pas inégal, finiront par se joindre un jour bien plus intimement qu'ils ne sont liés aujourd'hui.

Cet échange est basé sur le phénomème qui explique le rôle du medium et qui peut se résumer sous cette forme : Le périsprit — ou, ce que les savants appellent la vie — peut, dans certains cas, sous certaines conditions, sortir de l'être humain et agir à distance.

Les fakirs qui, ajoutant le mouvement de leur volonté (âme), extériorisant une partie de leur périsprit (vie), animent d'une vie rapide une graine qui, deux heures après, a produit un fruit mûr, en sont un exemple.

Certains sujets (dits sensitifs) peuvent apercevoir autour de nous une atmosphère spéciale. Cette atmosphère peut, du reste, être constatée d'une manière plus matérielle, au moyen d'un sujet qui, plongé à l'état d'hypnose et isolé sur un tabouret de verre, décrit ce qu'il voit Il signale nettement ce périsprit qui nous entoure tous.

C'est ce qui fait que lorsqu'un medium va produire une incarnation ou une matérialisation, il sent une vive douleur et tombe dans un état spécial. Si le *medium* n'éprouvait pas une *perte*, une *sortie*.... son état ne se modifierait **pas**.

On est amené, avec quelques spirites, à penser que le périsprit des assistants a une action (sympathique) sur le périsprit du *medium*, surtout dans les expériences graves de matérialisation ; la chaîne est une précaution *nécessaire* et même indispensable dans ces grandes expériences pour constituer autour du medium un rempart qui permet à son périsprit de se concentrer sur l'expérience et le garde des influences étrangères (larves) qui dans ce moment pourraient, sans combat, s'emparer de lui.

Jusqu'ici nous n'avons pas parlé de la chaîne, parce qu'elle nous semble inutile dans les petites expériences (phénomènes physiques). Cependant, comme cette pratique n'est pas nuisible, voici comment des expérimentateurs doivent opérer : ils doivent simplement, au point de vue pratique, tenir leurs mains de telle sorte que le pouce de l'un touche fortement le petit doigt de son voisin, et ainsi de suite, jusqu'à ce que tous les assistants fassent une chaîne fermée ; au point de vue moral, contribuer par leur volonté et aider les influences qui agissent sur le périsprit du médium.

On voit donc qu'on ne devra s'aventurer à faire des séances (obscures, ou des séances à la lumière orangée, ou dans une salle faiblement éclairée, pourvu que le *medium* soit dans l'ombre) que lorsqu'on aura déjà fait de très nombreuses expériences, qu'on connaîtra le spiritisme et lorsque l'esprit familier, qu'on saura favorable et bon, aura dit de faire l'obscurité.

Il y a lieu ici de dire un mot des fraudes des *mediums* : Elles sont fréquentes, surtout chez les mediums PAYÉS, obligés de produire à heure fixe des phénomènes. Toutefois, on les rencontre parfois quoique bien moins fréquents, chez les non payés.

Le *medium* est INCONSCIENT; c'est à vous de le surveiller pour éviter une supercherie que vous n'avez pas à lui reprocher. Dans l'état particulier où il se trouve, il est en butte à une partie de l'influence des assistants ou à une autre influence qui l'oblige à tromper. Passez, sans lui rien dire sur ces faits, redoublez de surveillance, négligez les faits ainsi faussés, et peu à peu, votre *medium* vous donnera des phénomènes d'une authenticité indiscutable.

Enfin, le *medium*, à l'état de veille, est infiniment impressionnable; ces sortes d'êtres sont nerveux, jaloux, orgueilleux! Ce sont des

névropathes bien caractérisés. On doit donc agir,
en conséquence, avec eux.

Lombroso a ainsi formulé son avis au sujet
d'*Eusapia*, le *medium* italien dont on a tant
parlé :

« Il faut observer, tout d'abord, qu'Eusapia est
une névropathe, qu'elle a eu dans son enfance,
au pariétal gauche, une blessure si profonde que
le doigt s'y enfonce et qu'elle reste ensuite
atteinte d'attaques épileptiques, cataleptiques,
hystériques ; ces accès se produisent principa-
lement pendant les phénomènes médianiques et
elle présente une remarquable obtusité des sens.
D'autres mediums très habiles comme Home,
Slade, n'étaient que des névropathes.

« Or, je ne puis pas trouver absolument inadmis-
sible que, de même que chez les hystériques et
les hypnotisés, l'excitation de certains centres,
qui se prononcent puissamment par la paralysie
des autres, donne lieu à une transposition et à
une transmission des forces psychiques. Ainsi, elle
peut donner lieu à une transformation ou force
lumineuse et mouvante. Alors, on comprend
comment la force, nous dirons corticale et cérébrale d'un medium, puisse, par exemple, sous
une table, tirer la barbe, battre, caresser, qui

sont les phénomènes les plus connus dans ces cas quand la transposition des sens arrive. Lorsque le menton, par exemple, ou le nez voit dans l'état d'hystérisme, le centre cortical de la vision qui réside dans le cerveau, acquiert une telle énergie qu'il se substitue à l'œil.

« Nous avons pu constater cela avec des lentilles et un microscope — chez trois hypnotisés — M. Ottolenghi et moi, dans l'hallucination hypnotique, quand le suggestionné hypnotique voit un objet qu'on lui impose de voir et quand, surtout, il ne voit pas une chose que nous lui suggérons ne pas exister (suggestion négative), malgré qu'il l'ait sous ses yeux, le centre visuel cortical prend la place de l'œil, il voit sans le secours de l'œil.

« Les images qui proviennent par l'excitation intérieure (comme les hallucinations suggérées, quand on montre au sujet une mouche imaginaire sur un morceau de papier blanc), chez certains hypnotisés, ces images se présentent comme si elles étaient réelles; ainsi, il faut admettre qu'elles procèdent du cerveau à la périphérie et, en sens contraire, de la même manière que les images réelles se portent de la périphérie au centre. En effet, elles sont sujettes à ces modifications qui peuvent parvenir par le moyen des sens interposés ; ainsi, nous avons essayé de montrer une mouche imaginaire à un sujet hypnotisé et nous avons fait avancer et reculer cette image dans l'espace ; la pupille du sujet changeait comme si l'image avait été réelle ; de plus, la mouche imaginaire était, par le sujet, augmentée de grosseur comme avec une lentille grossissante ou diminuée de volume par une lentille qui la rendait plus petite, comme si, en effet, le suggestionné se servait d'un microscope réel, tandis qu'il était imaginaire.

« Mais, pour que cela arrive, il faut que le centre cérébral de la vision soit substitué à l'organe de la vision même, c'est-à-dire que le cerveau, au lieu de l'œil, puisse voir.

« Quand on a la transmission de la pensée, qu'arrive-t-il ? Evidemment, dans une certaine condition qu'on trouve bien rarement, ce mouvement cortical dans lequel la pensée consiste se transmet à une petite ou grande distance.

« Or, comme cette force se transmet, elle peut aussi se transformer ; la force psychique peut devenir force mouvante, d'autant plus que nous avons dans l'écorce cérébrale des amas de substance nerveuse, centres moteurs qui président précisément aux mouvements, et que, quand ils sont irrités, comme chez les épileptiques, ils provoquent des mouvements très violents aux extrémités.

« Mais on dira que ces mouvements spiritiques n'ont pas, pour intermédiaire, le muscle qui est le moyen le plus commun de transmission des mouvements. C'est vrai ; mais la pensée aussi, dans les cas de transmission, ne parcourt pas les sentiers habituels de transmission qui sont la main et le larynx. Dans ces cas, il faut admettre l'hypothèse que le moyen de communication soit celui qui sert à toutes autres énergies lumineuses, électriques, etc..., et qu'on appelle, dans l'hypothèse admise par tout le monde, l'éther.

« Ne voyons-nous pas l'aimant faire remuer le fer sans autre intermédiaire ? Dans ces faits spiritiques, le mouvement prend une forme plus semblable au vouloir, plus intelligente, car elle part d'une force motrice qui est en même temps un centre psychique, l'écorce cérébrale.

« La grande difficulté est de pouvoir admettre que le cerveau soit l'organe de la pensée, et que la pensée soit un mouvement ; du reste, en physique, admettre que les forces se transforment l'une dans l'autre et qu'une certaine force mouvante, devienne lumineuse, calorique, n'est point difficile.

« Les mediums écrivant n'ont plus besoin d'explication, après le livre de Janet sur *l'automatisme inconscient*.

« Ce medium qui croit écrire sous la dictée du Tasse ou de l'Arioste et trace des vers qui ne seraient pas même dignes d'un élève de lycée, ce medium travaille dans un état demi-somnambulique, pendant lequel il est à la merci de la majeure activité de l'hémisphère droit, tandis que l'hémisphère gauche, qui est en même temps le plus énergique, reste inactif et n'a plus conscience de ce qu'il fait ; il croit alors agir sous la dictée d'une autre personne. Cet état d'activité inconsciente explique les mouvements et les gestes que peut faire la main sans que le reste du corps de l'individu y prenne part, et qui semble provoqué par l'intervention d'autrui. »

C'est donc une folie de dire que tous les *mediums*, même les plus forts, ont fraudé. C'est possible, mais ils n'en étaient pas responsables, pas plus qu'un sujet à qui on donne une suggestion et qui ne l'accomplit pas. C'est la faute de l'expérimentateur. L'instrument est bon, c'est vous qui n'en savez pas jouer.

Dans les grandes expériences surtout, le *medium*, instrument éminemment délicat, est dans un état spécial (léthargie) que la forme de l'expérience peut facilement transformer en somnambulisme lucide, période pendant laquelle le sujet hypnotique — partant le *medium* — éprouve le besoin de mentir, de frauder.

En terminant, je crois devoir inviter particulièrement les honnêtes gens, à chercher à se rendre compte de ce qui se passe dans le monde au delà de leur digestion.

Pour consulter les esprits, point n'est besoin d'être un génie profond, il suffit d'être bon et loyal. Je rappellerai enfin que ces expériences sont sévères et graves, dangereuses parfois. Marchez d'un cœur sincère, votre gardien vous sauvera. Ne devancez pas l'expérience, suivez-là. Enfin, lorsque le *medium* est en léthargie, ne rompez jamais la chaîne ; attendez pour cela que vous en ayez reçu l'ordre ou que le *medium* soit revenu à l'état de veille.

Ma tâche est terminée, j'ai fini de causer avec vous, nous nous reverrons seulement dans le prochain volume ; en attendant, travaillons tous sans idée préconçue et sans haine ; que les intérêts supérieurs de l'humanité éteignent en nous le feu des aspirations matérielles et développent les sentiments d'amour que nous possédons tous au fond de l'âme.

Si vous n'êtes pas plus riche, vous deviendrez meilleur et l'humanité tout entière bénéficiera de vos vertus.

Votre âme est immortelle, ne l'oubliez pas, elle resplendit, elle illumine, malgré les opacités de votre corps; ne laissez pas éteindre ce foyer d'intelligence et de volonté, la vie mauvaise de la terre se sublime dans l'invisible ; votre récompense sera dans les étroits rapports de douce amitié, de fraternelle communion avec les esprits aimés qui sont retournés dans l'éternelle lumière. (1)

FIN

---

(1). Les faits les plus saillants et les mieux contrôlés d'ordre psychique seront publiés dans un volume de la même collection : **Phénomènes du Spiritisme.**

TABLE DES MATIÈRES

Imp. du *Petit Troyen*. — G. ARBOUIN, 126, rue Thiers, Troyes

SCIENCE VULGARISÉE

Il est nombre de gens qui croient que la Science est toujours ennuyeuse ; ils reviendront certainement de cette opinion trop répandue, ceux qui liront :

LES

CURIOSITÉS DE LA SCIENCE

PAR

Louis de BEAUMONT

Sous ce titre, défile toute une série de récits dont l'attrait presque romanesque, ne doit pourtant qu'à la réalité, sans parler du style charmeur qui est le propre de l'auteur.

Titres de quelque chapitres : *L'Austerlitz des Fourmis, les Noces d'un Ver luisant, les Mitrailleuses vivantes, un Recolleur de Têtes, Confidences d'un Monstre, une Séance de Crémation*, etc., etc.

Préface de Camille FLAMMARION

Ce Volume de la Collection A.-L. GUYOT se vend : **20 centimes**

Envoi franco par la poste, contre 30 centimes adressés à M. A.-L. Guyot, 20, rue du Croissant, Paris.

11   **11**

LE JOURNAL

Quotidien. Littéraire, Artistique et Politique

106, rue Richelieu, 106

Directeur : FERNAND XAU

LE JOURNAL avec son Supplément justifie son titre tout à fait imper-
sonnel. Il est à la fois le plus littéraire et le mieux renseigné des organes de
la presse parisienne. On a fait le journal littéraire et le journal d'informations, LE
JOURNAL est l'un et l'autre avec une partie politique absolument indépendante.

Émile Zola, François Coppée, Henri Meilhac.
Mme Séverine, Juliette Adam, Gyp.
Paul Bourget, Émile Bergerat, André Theuriet, Arsène Houssaye, Grosclaude,
Hugues Le Roux, Maurice Barrès, Paul Hervieu, Henry Becque.
Joseph Caraguel, Fernand Vandérem, Jean Maure, Oscar Méténier.
Francis Chevassu, Camille de Sainte-Croix, Paul Alexis, Ivan Bouvier,
Mentor, Georges d'Esparbès, Clovis Hugues, Jean de Bonnefon, Pierre Wolff,
Gustave Geffroy, Lucien Descaves, Jules Renard, Jean Bayol, Jules Huret.
Félicien Champsaur, Paul Bonnetain, Henry Céard, Une Parisienne,
Albert Dubrujeaud, Gaëtan de Méaulne, Paul Adam, Rodolphe Darzens,
Bernard Lazare, Cambrian, Louis Bertin, Alphonse Allais, Pierre de Lano,
Remy de Gourmont, Vigné d'Octon, Jacques Redelsperger, Laisant,
Léonce Détroyat, Edmond Le Roy, Félix Régnier, Léon Millot, Paul Brulat.
Adolphe Mayer, Émile Goudeau, Jean Raphanel, Maurice Lefevre.
Auguste Marin, Georges Docquois, Me Huvelin, Georges de Labruyère.
Louis de Robert, Puymirail, Jules Ranson, Évariste Mangin, d'Ingonville.
George Bastard, Émilien Chesneau, André Gresse, Vicomte Ulric de Civry,
Arlequin, H. Valoys, G. de Lilliers, Émile Guitton, Paul Fouquau,
Hector France, Alberty, Bande de Maurecey, Docteur Lesné, E. Bois-Glavy,
Édouard Hubert, Maurice Colin, Jules Quinaud, Eugène Doré, Jocelyne,
Un Snob, Un Domino Rose, Jean de l'Échiquier, Marcel Pradier, E. Lintillac,
J. Gayda, Eugène Olisson, J. Daurelle, de Santa-Anna, Nery Cockney.
Daniel d'Aigre, H. Barthélemy, Georges Petilleau, Félix Lacare,
Un Monsieur en habit noir, Bertie-Henri Clère, Nachette, F. Hogier,
Émile André, Altaïr, J.-A. Natali, Colin-Maillard, Clam, Harry, Louis Labat,
Scarron, Jacque, Finance, Jehan Soudan, Pierre Paul, Louis Baïssas,
Léfrancier, Paul Héra, d'Aguerre, L. Couturat, Serret, F.-A. Steenackers.
James, César Romain, etc., etc.

Secrétaire de la Rédaction : Alexis LAUZE

LA SOIRÉE PARISIENNE est illustrée par MANTELET.

LE JOURNAL

POUR TOUS

Supplément illustré du JOURNAL, paraissant
TOUS LES Mercredis.

Ce Supplément, qui a 12 pages de texte, dessins, gravures et musique, est
illustré par **J.-L. FORAIN**, et le maître écrivain **ÉMILE ZOLA** y publie
des œuvres inédites — Tous nos abonnés recevront sans augmentation de prix
ce Supplément

www.ingramcontent.com/pod-product-compliance
Lightning Source LLC
Chambersburg PA
CBHW070853030726
47504CB00005B/1324